AF186539

Uta Mazzei-Karl, geb. 1934, lebt heute teils auf der Insel Elba, teils in Österreich. Schon seit 1962 machte sie als Assistentin eines Journalisten ausgedehnte Reisen durch Afghanistan, Pakistan und Indien, dabei entstanden zahlreiche Dokumentarfilme für das deutsche Fernsehen. 1975 erhielt sie ihren ersten eigenen Filmauftrag vom ZDF, dessen Zustandekommen hier beschrieben ist. 2015 veröffentlichte sie den Erlebnisbericht „KISIL AYAK, sie nannten mich Rotstrumpf".

UTA MAZZEI-KARL

Wo, bitte, ist

Belutschistan?

ERLEBNISBERICHT

über Filmdokumentationen

Das Werk, einschließlich seiner Teile, ist urheberrechtlich geschützt. Jede Verwertung ist ohne Zustimmung des Verlages und des Autors unzulässig. Dies gilt insbesondere für die elektronische oder sonstige Vervielfältigung, Übersetzung, Verbreitung und öffentliche Zugänglichmachung. Bibliografische Information der Deutschen Nationalbibliothek: Die Deutsche Nationalbibliothek verzeichnet diese Publikation in der Deutschen Nationalbibliografie; detaillierte bibliografische Daten sind im Internet über http://dnb.d-nb.de abrufbar.

©2016 Uta Mazzei-Karl

Bildmaterial aus dem Archiv der Autorin
Umschlaggestaltung: Angelika Fleckenstein

tredition Verlag GmbH, Hamburg

ISBN: 978-3-7345-2485-1 (Paperback)
          978-3-7345-2486-8 (Hardcover)
          978-3-7345-2487-5 (e-Book)

Printed in Germany

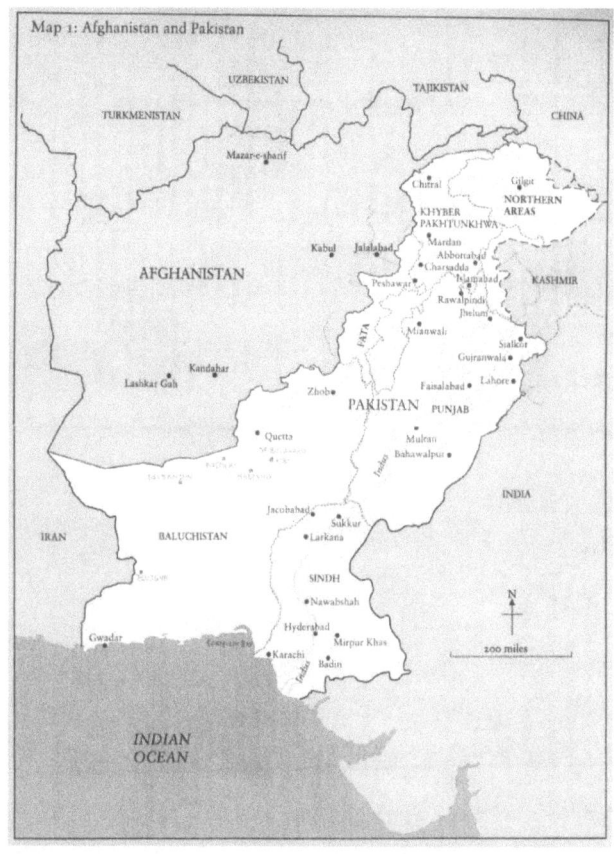

Map 1: Afghanistan and Pakistan

PAKISTAN

Die Provinz Belutschistan nimmt beinahe die Hälfte des Landes ein.

Mein erster Film

„Ihre verbogenen Stricknadeln lassen ja interessante Rückschlüsse auf ihren Charakter zu", bemerkt der Leiter der Kulturabteilung des ZDF scherzend, als er mich im Vorraum begrüßt und mit zwei Redakteuren in einen Konferenzraum führt. Für die lange Zugfahrt nach Mainz hatte ich eine Strickarbeit mitgenommen, die ich aus meiner Tasche geholt hatte, während ich im Vorzimmer wartete. Und nun sollen diese zufällig verbogenen Stricknadeln ein Indiz für meinen Charakter sein? Hoffentlich denkt er an Biegen oder Brechen. Dahinter steckt zumindest Willenskraft.

Man sieht sich meine Exposés an, stellt Fragen, und lehnt eines nach dem anderen ab. Den Film über die matriarchalischen Stämme in Assam könnte ja der Fend machen, hieß es, der ist ohnehin da unten, um Tiger zu filmen. Und Indiens Filmindustrie wäre ein Thema, das auch jemand, der schon vor Ort sei, machen könnte. Die Turkmenen seien im Moment nicht aktuell, und die Metamorphose des Kamels passt nicht in die Abteilung.

„In letzter Zeit gab es immer Meldungen über Schießereien in Belutschistan, ein Bericht über Belutschistan würde uns interessieren", sagt der Abteilungsleiter. Im ersten Moment fiel mir nicht einmal ein, wo genau Belutschistan ist, doch als er in der Süddeutschen Zeitung blättert, um mir den Artikel zu zeigen und Quetta erwähnt, wurde mir zumindest geographisch alles klar.

Ich ergriff den Strohhalm und sagte, dass ich noch nie in Belutschistan gewesen wäre, aber das restliche Pakistan sei mir durch meine vielen Reisen mit Lechenperg vertraut, deshalb wäre es für mich kein Problem, einen Film über Belutschistan zu machen. Ich erwähnte, wie wir zum Beispiel im Stammesgebiet Waziristan, das an Belutschistan grenzt, einen Film über die Paschtunen gemacht hatten. Da gab es eine Waffenfabrik, in der Stammesleute mit höchst einfachen Mitteln haargenaue Kopien inklusive Seriennummer von britischen Gewehren und anderen Waffen hergestellt haben. Dort hätten wir auch einen Käufer aus Belutschistan gefilmt. „So einen Film traue ich mir durchaus zu!"

Man war an einem Dokumentarfilm über Belutschistan interessiert, da diese Provinz Pakistans dem deutschen Publikum ziemlich unbekannt sei und nun durch die Unruhen in die Medien gerückt wäre. Einer der Redakteure wollte noch wissen, ob ich als Frau in einem islamischen Land nicht Schwierigkeiten mit der Filmarbeit bekommen würde. Diese Bedenken konnte ich widerlegen, immerhin hatte ich Lechenperg in Pakistan oft genug vertreten.

„Naja, dann schicken Sie uns ein Exposé!".

+ + +

In den frühen sechziger Jahren habe ich als Gefährtin und Mitarbeiterin des wesentlich älteren Harald Lechenperg schon die entlegensten Winkel

Zentralasiens kennengelernt. Nichts hätte mir ein so intensives Verständnis für Asien verschaffen können, wie diese ausgedehnten Film-Reisen mit einem Kenner von Afghanistan, Pakistan und Indien. Ich war neugierig, hinterfragte alles, las einschlägige Bücher, und entwickelte ein bleibendes Interesse an den Geschehnissen in diesem Teil der Welt.

Zusammen hatten wir über zwanzig Dokumentarfilme gemacht. Da er nicht die Geduld aufbrachte, bei der Ausarbeitung des Filmmaterials wochenlang im verdunkelten Schneideraum neben der Cutterin zu sitzen, überließ er es mir, mich um die Endfertigung der Filme zu kümmern. Es war eine Arbeit, die ich liebte, nicht nur, weil ich beim Filmschnitt noch einmal alle Stationen der Reise erlebte, sondern weil ich durch das ständige Dabeisein bis zur Filmmischung auch technische Vorgänge verstehen lernte.

Kürzlich war ich, wie immer, mit den Vorbereitungsarbeiten für seinen neuen Filmauftrag von einem anderen Sender befasst, als er sagte: „Du brauchst dir gar nicht so viel anzutun, denn diesen Film mache ich nicht mehr mit dir! Ich weiß, mit dir wird es ein guter Film, aber eine unangenehme Reise, weil du immer nur Arbeit im Kopf hast. Dies wird wohl meine letzte große Reise sein, und die will ich auf angenehme Art machen."

In gewisser Hinsicht hatte er ja Recht. Ich war oft unangenehm, ließ ihm keine Ruhe, dachte nur an die Verwirklichung des Filmprojektes.

„Ich nehme auch keine Kameraleute mit, sondern filme selbst!", fügte er hinzu.

Ich dachte, ich höre nicht recht. Was soll dabei herauskommen? Wie will er ohne Kameramann, nur in Begleitung einer Bekannten, die ihn anbetet, aber von Filmarbeit keine Ahnung hat, einen präsentablen Dokumentarfilm machen?

„Du glaubst ohnehin, dass du alles besser kannst, mach doch deine eigenen Filme, von denen du immer redest!", sagte er pampig.

Wie sollte ich das bewerkstelligen? In den vierzehn mit ihm verbrachten Jahren hatte ich, wenn keine Filmarbeit anstand, in München gearbeitet. Aber nicht in der Filmbranche, sondern als Übersetzerin oder bei einem Verlag. Ich konnte ein paar Fremdsprachen, aber ich wollte weiterhin Filme machen, mit oder ohne ihn.

Gottseidank zeigte er für meine Situation Verständnis. Um dieses angekündigte Ende unserer langen Beziehung abzumildern, rief er beim ZDF an, erwähnte natürlich nichts von seinem Auftrag beim Konkurrenzsender, sondern erbat einen Termin für seine, wie er sich ausdrückte „kompetente" Mitarbeiterin, die ein paar interessante Exposés unterbreiten möchte. Wissend, dass vom Ergebnis dieser Besprechung meine Zukunft abhängen würde, bin ich hoffnungsvoll nach Mainz gefahren und mit einem Quasi-Auftrag zurückgekommen.

+ + +

Für das gewünschte Exposé versuchte ich nun auf Hochtouren, an alle Infos über Belutschistan zu kommen. In der Münchener Staatsbibliothek fand ich fast nur Historisches, aber im Archiv der Süddeutschen Zeitung durfte ich mir auch Artikel von Le Monde und der Neuen Züricher Zeitung fotokopieren. Doch je mehr ich mich mit dem Thema befasste, umso schwieriger erschien mir diese Aufgabe.

In Belutschistan kämpfen Rebellen gegen die Regierung, von der sie sich benachteiligt fühlen, *hardliner* möchten sich sogar von Pakistan abspalten. Sie überfallen Militärbaracken und Züge, plündern Waffenarsenale. Man ist sich nicht sicher, ob es sich dabei nur um einen lokal bedingten Aufstand handelt. Vor nicht allzu langer Zeit hat man in Belutschistan bedeutende Erdgasvorkommen entdeckt. Die Provinz selbst hat wenig von dem Reichtum unter ihrem Boden, fühlt sich ausgebeutet, denn mit diesem Erdgas wird in erster Linie die wirtschaftliche Entwicklung der Provinzen Sindh und Punjab gefördert.

Wer steckt hinter den Rebellen, die ein unabhängiges Belutschistan wollen? Die Abspaltung Belutschistans würde den Zerfall Pakistans bedeuten. Und der Zerfall Pakistans wäre ganz im Sinne seines Erzfeindes Indien, das sich weite Teile Pakistans einverleiben könnte. Auf unseren Indienreisen haben wir immer wieder die Meinung gehört *Pakistan has no right to exist.* Der Zerfall Pakistans wäre auch ganz im Sinne Moskaus, das die Politik der Zaren *towards the warm waters* weiterführen könnte. Mit *warm waters* bezeichnete man das zum Indischen Ozean gehörende Arabische Meer. Für die Sowjetunion wäre dieser Zugang ungeheuer wichtig, weil sie an der Südgrenze Belutschistans, am Arabischen Meer, nicht nur den Zugang zu den Weltmeeren hätten, sondern von dort aus auch den Ölexport Arabiens und des Irans kontrollieren könnten.[1] Der Zerfall Pakistans wäre auch von Vorteil für Afghanistan, so könnte Paschtunistan, das die Kolonialmächte so willkürlich geteilt hatten, wieder vereint werden. Nur den Schah von Persien, der 1979 abdanken musste, hat man nicht unter die Aasgeier gereiht, denn auch im Iran leben Belutschen, und im Fall eines unabhängigen Belutschistans wäre die Abspaltung dieser Gebiete zu befürchten gewesen. Deshalb hatte er an seine Hilfen für Indien und Afghanistan die Bedingung geknüpft, diesen Konflikt nicht zu schüren.

Ob die Aufstände in Belutschistan von den angrenzenden Ländern angeheizt wurden, ist nicht bewiesen. Auf jeden Fall sind sie Ausdruck einer internen Unzufriedenheit.

Aus all meinem angelesenen Wissen bastelte ich ein Exposé zusammen, listete auf, was ich im Film gerne zeigen würde und erhielt die Zusage. Für

---

[1] 1979 wurde das mit dem Einmarsch nach Afghanistan versucht. Die Sowjetunion erlebte dort ihr Vietnam, musste sich 10 Jahre später, ohne ihr Ziel erreicht zu haben, zurückziehen, ohne das ans Arabische Meer grenzende Belutschistan erreicht zu haben.

dieses Projekt standen DM 90.000 zur Verfügung. Die Hälfte bekam man als Vorschuss, musste dafür aber eine Bankgarantie leisten, die erst nach Rohschnittabnahme gelöscht wurde. Das war für mich ein Problem, ich wollte nicht mein liebevoll restauriertes Bauernhäuschen im Pinzgau der Bank als Sicherheit verpfänden. Da half mir Lechenperg. Er übernahm die Bankgarantie, vielleicht aus schlechtem Gewissen, vielleicht auch, weil er überzeugt war, dass ich es schaffen würde. Dafür wollte er als Produzent genannt werden. So war auch das ZDF beruhigt, dass er auf diese Weise noch seine Hand über seine ehemalige Mitarbeiterin hielt und die Verantwortung mittrug.

Ohne die guten und schlechten Erfahrungen an seiner Seite hätte ich nicht die Courage gehabt, das zu machen, was ich nun vorhatte. Bei jedem Film muss man sich mit all seinen Sinnen und Können auf das Thema einstellen, sich informieren, Praktisches mit Gestalterischem kombinieren.

„Du brauchst ja keine Doktorarbeit zu machen" hänselte er mich, als er sah, wie sehr ich mich auf den Film vorbereitete, wie ich sogar Bücher vom Geschichtsphilosophen Arnold Toynbee anschleppte, mit einem Wissenschaftler, der die Bewässerungssysteme Belutschistans beschrieb, Kontakt aufnahm und kein anderes Gesprächsthema mehr hatte als Belutschistan.

Um mich abzulenken, ging ich an einem traumhaften Märztag mit meinem Bruder und Freunden am Pass Thurn Schifahren. Als Einheimische waren wir mit diesem Sport aufgewachsen und die damals noch nicht plattgewalzten Buckelpisten am Zweitausender betrachteten wir als Gaudi und Geschicklichkeitsübung. Nach dem Mittagessen machten wir eine Abfahrt abseits der Piste. Der von der Sonne aufgewärmte Pulverschnee war teilweise schon schwer und sulzig – eine teuflische Kombination. Bei einem Schwung überkreuzten sich meine Schi, ich stürzte und hörte ganz deutlich das Geräusch vom Brechen der Knochen. Mit einem Akja wurde ich dann zu Tal gebracht und mit dem Rettungswagen nach Kitzbühel zum Arzt. Unterschenkelbruch. Schmerzen, Liegen, Komplikationen ohne Ende. Und dieses Geräusch der brechenden Knochen verfolgte mich noch lange.

Das Filmprojekt musste verschoben werden, der Vertrag wurde mir deshalb nicht aufgekündigt. Als nach drei Monaten der zweite Gipsverband entfernt wurde, sah mein Bein nur mehr wie ein schuppiges, mit Haut überzogenes Stück Holz aus. Die lange Zeit der Rehabilitation nützte ich, um mit allen möglichen Stellen in Pakistan wegen einer Filmgenehmigung zu korrespondieren. Es hieß immer, dass wegen des Ausnahmezustandes, wenn überhaupt, nur in Quetta und unmittelbarer Umgebung gefilmt werden könnte. Lechenperg riet mir, mich beim ZDF um ein Ersatzthema zu kümmern.

Nur der deutsche Botschafter in Islamabad machte mir etwas Hoffnung. Er schrieb, dass man in Pakistan grundsätzlich entgegenkommend sei, doch sobald es in die Details ginge, besonders wenn es sich um politisch kritische Gebiete wie Belutschistan handle, möchte kein Berater die Verantwortung für eine Erlaubnis übernehmen. Die einzige Möglichkeit sei, nach Islamabad zu fliegen und selbst vor Ort bei den Behörden vorzusprechen, der persönliche Kontakt wäre oft ausschlaggebend. Das wollte ich befolgen.

1976 nach Pakistan

Es ging mir wieder gut, ich hatte mich ausgiebig mit dem Thema befasst, und war davon begeistert. Über diese Region gibt es noch keinen Film. Das Gelingen könnte auch für meine Zukunft ausschlaggebend sein, für weitere Aufträge. So mache ich mich an die Arbeit und suche vor allem eine geeignete Person, die mich nach Pakistan begleiten würde. Über Freunde lerne ich Jens kennen. Er ist nicht nur Fotograf, sondern hat auch Filmerfahrung, hieß es, und er braucht eine Auszeit. Jens ist mir auf Anhieb sympathisch. Ein schlaksiger, etwa dreißigjähriger Mann mit Schnurrbart, der einen weltoffenen Eindruck macht und an meinem Vorschlag interessiert ist. Ich erkläre ihm, dass ich mit dem Filmmaterial und der gesamten Ausrüstung nach Pakistan fliegen will, die Genehmigung für diesen Belutschistan-Film allerdings erst in Islamabad erkämpfen muss, was nicht einfach sein wird, weil es sich um ein Gebiet im Ausnahmezustand handelt. Ich schlage ihm vor, für seinen Flug und die Kosten unterwegs aufzukommen, eine Bezahlung gäbe es erst, wenn wir filmen dürfen. Dann würde auch ein Kameramann aus München nachkommen, mit dem er zusammenarbeiten und sich um die Tonaufnahmen kümmern müsste. Als er zusagt, fällt mir ein Stein vom Herz. Er stellt mir auch seine Familie vor, seine Auszeit ist eine gemeinsam beschlossene Sache, also kein Problem.

Mitte Februar fahren wir in seinem geräumigen Citroen in Begleitung seiner Frau, die den Wagen zurückfährt, nach Frankfurt. Dort erfahren wir, dass das aus fünfzehn Teilen bestehende Filmgepäck 250 Kilo wiegt und als Frachtgut mit einem anderen Flugzeug auf einer anderen Route nach Karachi befördert würde. Das ist mir zu riskant. Die Ausrüstung als Reisegepäck mitzunehmen kostet jedoch mehrere tausend Mark.

„Jens, wenn ich das jetzt bezahlen muss, wird es knapp mit dem Geld. Ich habe nur eine bestimmte Menge Travellerschecks mit. Bitte warte hier."

Verblüfft schaut er mir nach, als ich mich zum Büro der PIA begebe. Dort lege ich das vom ZDF ausgestellte Empfehlungsschreiben vor, in dem alle zuständigen Stellen gebeten werden, mir bei der Verwirklichung des Filmprojektes zu helfen. Und ich schlage vor, mir das Gepäck ohne Bezahlung mitzugeben, in Karachi müsste ich ohnehin mit der PIA wegen Flugaufnahmen verhandeln, die auch eine gewisse Werbung für die PIA wären. Dann erwähne ich den Namen eines *Airmarshals*, der uns bei früheren Filmexpeditionen in Pakistan hilfreich zur Seite stand, und das macht Eindruck. Man telefoniert lange in dieser Sache und mein Vorschlag wird angenommen, ich darf alles *on credit* mitnehmen. Als ich mit der guten Nachricht zurückkomme, ist Jens überrascht. Nun hat er wenigstens gesehen, dass ich die Dinge dezidiert anpacke.

Der Flug geht erst nach Mitternacht, dauert etwa neun Stunden. Die Boeing ist ziemlich leer, deshalb belege ich vier freie Mittelsitze, um zu ein paar

Stunden Schlaf zu kommen. Ich bin auch nicht der einzige Passagier, der diese Idee hat. Jens ist zurückhaltend, sagt, er wird sich das Genieren abgewöhnen müssen.

Um die Mittagszeit überfliegen wir den Südwesten Belutschistans. Von oben sieht alles öde aus, wie eine Mondlandschaft. Weit und breit kein bisschen Grün, selten ein kleiner Teich oder Wasserreservoir. Was denn hier gefilmt werden soll, fragt Jens erstaunt. Das Leere, Abweisende und Wüstenhafte ist ja das Besondere an dieser Provinz, entgegne ich. Da unten ist Alexander der Große auf dem Rückweg des Indienfeldzugs durchgezogen. Seine Soldaten sind da nicht im Kampf gestorben, sondern vor Durst und Hunger. Ich möchte einen Film mit aussagekräftigen Bildern haben, Bilder, die für sich selbst sprechen. Hitze soll man sehen, wie eine Luftspiegelung, eine Fata Morgana. Du und der Kameramann, ihr müsst mir dabei helfen.

Wir landen in Karachi, der großen Hafenstadt Pakistans. Bei Schnee und Frost waren wir weggefahren, jetzt japsen wir bei 26° C, viel zu warm angezogen, in der feuchten Hitze des Flughafens. Jemand von der *Newsreels & Documentaries* – Filmstelle sollte uns hier erwarten, aber niemand ist da. Deshalb lotst man uns zum sogenannten *special handling officer*, der für besondere Fälle zuständig ist. Und unser Fall ist besonders. Auf Anraten dieser Filmstelle in Karachi, welche auch per Telex über unsere Ankunft informiert war und nun mit Abwesenheit glänzt, hatte ich eine Liste angefertigt, wo jedes Objektiv, jede der beiden 16mm

ARRI-Filmkameras, jeder Lichtmesser, Fotoapparat, Tonbandgerät etc. mit Herstellernamen und Seriennummer angegeben ist. Das sei unumgänglich für den Zoll, hieß es. Eine Kopie davon reiche ich nun diesem *special handling officer,* der uns den hier üblichen stark gesüßten Milchtee bringen lässt, während er die Liste studiert und zwischendurch telefoniert, halb Urdu und halb Englisch sprechend. Dieser eigenartige Sprachenmix geht auf die britische Kolonialherrschaft zurück. Nicht nur das Autofahren auf der linken Seite ist ein solches Überbleibsel, auch altmodische Anglizismen stammen aus dieser Zeit. Jede Frage meinerseits wird mit einem „*Madam, don't worry, have another cup of tea, we will settle this*" (beruhigen sie sich, trinken Sie noch etwas Tee, wir werden das hinkriegen) beantwortet. Endlich legt er den Hörer auf und sagt, es sei alles geklärt, ich müsse nur noch eine schriftliche Erklärung abgeben, in der ich mich verpflichte, alles wieder auszuführen. Da ich weder bedrucktes Firmenpapier noch die im Orient so unentbehrlichen Visitenkarten dabei habe, bin ich ein Niemand. Das muss schleunigst geändert werden.

Anstandslos bekommen wir das unkontrollierte Gepäck ausgehändigt und werden auf Kosten der PIA zu einem schönen Gartenhotel im Bungalow-Stil gebracht, denn morgen soll es nach Quetta, der Hauptstadt Belutschistans, weitergehen. Dauernd wird in allen möglichen Sprachen gezählt, ob unsere fünfzehn Stück Gepäck eingeladen, ausgeladen und im Hotel angekommen sind. Das ist ansteckend. Der Taxichauffeur, der Gepäckträger und

der Hotelportier zählen in ihren Sprachen bis fünfzehn, kriegen aber oft was anderes raus, was mich
veranlasst, nachzuzählen und Jens veranlasst mich
zu kontrollieren.

Abends fahren wir mit einem Pakistaner, der im
gleichen Flieger war und uns nun erzählt, dass er
seit zwei Jahren in München bei der MAHAG arbeitet und einen Heimatbesuch macht, ins Stadtzen-
trum von Karachi. Bei Nacht erleben wir diese
wahnsinnige Großstadt mit ihren Geräuschen und
Gerüchen und den vielen Leuchtreklamen in allen
Schriften und Sprachen. Da ist zum Beispiel die
Fassade eines Hochhauses mit bunten Glühbirnen
verziert, in Leuchtschrift prangt die Mitteilung TO
HONOUR PRINCE AGA KHAN. Vielleicht ist der le-
bende Gott der Ismaeliten in Karachi, vielleicht
wird er wieder von seinen Untertanen mit Gold
aufgewogen? In den Illustrierten der fünfziger
Jahre machte sein Vorgänger nicht nur wegen seines sagenhaften Reichtums Schlagzeilen, sondern
auch wegen seiner Ehe mit der Hollywoodschau-
spielerin Rita Hayworth. Jedenfalls hat er sein Geld
gut angelegt, denn es fließt jetzt zurück in Form
von Wohltätigkeitsstiftungen.

Im Hong-Kong Restaurant essen wir mit diesem
Pakistani das köstlichste Fischcurry aller Zeiten.
Als wir von der geplanten Filmarbeit sprechen,
wird er munter. In München hätte er dauernd im
Fernsehen Filme gesehen, sagt er. Und da hätte
man fremde Völker nur als Primitive dargestellt,
zum Beispiel wären alle Schwarzen nackt gezeigt

worden. Ich verteidige die Position der Filmemacher und antworte, dass das, was er primitiv nennt, oft auch ethnologisch interessant wäre, andere Länder, anderes Klima, andere Sitten.

Am nächsten Tag werden wir nach dem polyglotten Abzählen der Gepäckstücke zum Flughafen gebracht. Stündlich wird der Flug nach Quetta verschoben und um vierzehn Uhr wegen Schlechtwetters endgültig abgesagt. Am Tag darauf klappt es dann. Die Kontrolle ist streng, Jens muss sein Schweizer Messer beim Piloten abgeben, daneben liegen schon zwei Halfter mit Revolvern von Belutschen.

Wir kleben mit den Nasen am Fenster, und ich mache Jens auf linear verlaufende, wie Maulwurfhügel aussehende Erdaufschüttungen aufmerksam. „Das sind die Auswurfschächte der sogenannten *Khareeze*, die wir unbedingt filmen müssen", sage ich. Der deutsche Wissenschaftler Dr. Fred Scholz hat mir Artikel über das Khareezsystem zukommen lassen und so komme ich ins Dozieren, erkläre Jens, dass diese Art der Bewässerung, vor Jahrhunderten in Persien erfunden, von allen ariden Gebieten Zentralasiens und Nordafrikas übernommen worden war und teilweise noch praktiziert wird, wie hier in Belutschistan. Unter diesen Auswurfschächten befinden sich horizontal verlaufende Stollen, die durch Ausnützung des sanften Bodengefälles Wasser von einem Mutterbrunnen am Fuß der Berge kilometerlang in Trockengebiete leiten und dort noch Landwirtschaft möglich machen.

Wir landen in Quetta, der Hauptstadt Belutschistans. Es liegt auf knapp 1.700 m Höhe und der Temperaturunterschied zu Karachi ist gewaltig. Diese Stadt war eine bekannte *hill station* der Briten, der ehemaligen Kolonialherren Indiens, die aus strategischen Gründen an Belutschistan interessiert waren. Quetta ist durch ein tragisches Ereignis in die Geschichte eingegangen. Im Jahr 1935 wurde Belutschistan von einem der schwersten Erdbeben Asiens erschüttert. Bis auf ein einziges Regierungsgebäude lag die ganze Stadt in Trümmern. Im Umkreis von hundertfünfzig Kilometern waren alle Ansiedlungen komplett zerstört und über vierzigtausend Menschen, darunter auch mehr als zweihundert Briten, verloren dabei ihr Leben.

Heute leben in Quetta Soldaten, Beamte und viele Händler aus den anderen Provinzen Pakistans. Die Welt der Stämme, die von der Stadt aus kontrolliert und in Schach gehalten werden soll, beginnt außerhalb der Stadt. Wir bemerken sofort, dass sich Quetta im Ausnahmezustand befindet. Überall sieht man Militär. Jedes Fahrzeug wird angehalten und kontrolliert. Auch auf flachen Dächern patrouillieren Soldaten mit dem Gewehr über der Schulter.

Bei Siemens dürfen wir einen Teil unseres umfangreichen Filmgepäcks einstellen. Ich hatte schon von Deutschland aus diesen nützlichen Kontakt aufgenommen. Dort ist es sicher gelagert, die Filmgenehmigung da ist.

Ausnahmezustand in Quetta

Rawalpindi und Islamabad

Da ich die Filmgenehmigung erst erkämpfen muss, fliegen wir schon am Tag darauf nach Rawalpindi, das nur ein paar Kilometer von der Hauptstadt Islamabad entfernt ist. In Lahore haben wir eine Zwischenlandung mit gut zwei Stunden Aufenthalt. Und die Badschahi-Moschee in Lahore ist genauso ein Muss wie der Stephansdom in Wien. Diese Moschee gehört zu den erlesensten Beispielen der Mogularchitektur, wurde 1671 vom Großmogul Aurangzeb, Sohn von Schah Jahan, der uns das Taj Mahal hinterließ, erbaut. Diese Zwischenlandung ist eine unerwartete Gelegenheit wieder einen Blick auf sie zu werfen. Ich habe ein Faible für die islamische Architektur mit ihren klaren, eleganten Formen, diese Hinterlassenschaft der Mogulherrscher, die im 17. Jahrhundert weite Teile Indiens erobert hatten. Mit einem *motorscooter*-Taxi lassen wir uns ins Zentrum bringen, machen Sightseeing *in no time*. Ein spitzbogiges Tor führt in den riesigen, von einer roten Sandsteinmauer umgebenen Innenhof, in dem für hunderttausend Menschen Platz ist. Die hohen Minarette sind auch aus roten Ziegeln erbaut, bilden einen wirkungsvollen farblichen Kontrast zu den drei schneeweißen Marmorkuppeln der Moschee. Die Innenwände der Badschahi-Moschee sind durchwegs mit prunkvollen Intarsien geschmückt. Blumen- und Tiermotive hergestellt aus Edelsteinen und Halbedelsteinen – Lapislazuli aus Afghanistan, Türkise aus Tibet, Jade und Kristalle aus China,

Saphir aus Ceylon und Karneol aus Arabien – eine Pracht sondergleichen.

Rawalpindi

Rawalpindi ist eine sympathische Garnisonsstadt aus der Kolonialzeit, ganz in der Nähe von Islamabad, der neuen Hauptstadt Pakistans.

Ich rechne mit einem längeren Aufenthalt und will nicht im Flashman Hotel oder im Interconti wohnen, das käme à la longue zu teuer. Nach langem Herumfahren kommen wir zu einem etwas altmodischen, in einem Park gelegenen Hotel mit dem bezaubernden Namen *Mrs. Davies Private Hotel*. Nicht nur dieser Name, dessen Klang einen sofort an *Sergeant Peppers Lonely Hearts Club Band* denken lässt, war ausschlaggebend für diese Wahl. Es stammt noch aus der Kolonialzeit und wir bekommen einen eigenen Bungalow. Seit dem Jahr 1947, als sich die Briten von ihrem indischen Kolonialreich verabschiedeten, und der darauffolgenden Trennung des Kontinents in das islamisch geprägte Pakistan und das zum Großteil hinduistische Indien, hat sich in diesem Hotel nichts verändert, es hat sich seinen alten Charme erhalten.

Wir beziehen einen großen, auf Pfählen gebauten Bungalow im Park. Drei Stufen führen zu einer Holzveranda mit zwei bequemen Teakholzliegestühlen, wie man sie aus alten Filmen kennt – mit ausklappbaren Fußstützen. In den ausklappbaren Armstützen ist eine Vertiefung für das Whiskyglas, den *sundowner*, eingekerbt. Von dieser überdachten Veranda kommt man in einen die ganze Breite des Bungalows einnehmenden Wohnraum mit offenem Kamin, vor dem zwei Fauteuils mit völlig zerschlissenen Überzügen stehen. Dahinter befinden sich – ideal für Jens und mich – zwei Schlafzimmer mit je einem Doppelbett, zwei Ankleideräume und zwei Badezimmer. Aus den verkalkten Hähnen der angerosteten Badewanne kommt sogar heißes Wasser, auch das Klo funktioniert, wenn man mehrmals am Strang des Wasserbehälters zieht. Die Atmosphäre ist so, wie wenn wir seit der Kolonialzeit die ersten Gäste wären.

Der Preis ist minimal, für unser immer noch zahlreiches Gepäck gibt es genug Platz. Viele Diener stehen herum und warten auf Anweisungen. Während die Matratzen auf meine Bitte an der Sonne gelüftet werden und alles mit Dettol desinfiziert wird, fahre ich mit einer Pferdedroschke und in Begleitung eines älteren Hotelangestellten, der sich als Munir Khan vorstellt, zum nahen Basar. Er trägt einen weißen Turban und die hier typische *Shalwar Khameez*, ein knielanges Hemd über den extrem weiten Hosen, seine Sandalen haben eine Sohle, die aus Autoreifen geschnitten ist. Da er die Preise kennt, bekomme ich Bettwäsche, schön bedruckte Baumwolltücher, Brennholz für unseren Kamin, eine Kiste Coca-Cola und frischgebackene Croissants mit verschiedenen Füllungen viel günstiger, als wenn ich mit Jens hier wäre. Als ich zurückkomme, wird gleich im Kamin ein Feuer entzündet, denn hier im nördlichen Pakistan ist es im Februar nach Sonnenuntergang noch ziemlich kalt. Die Betten werden mit der neu gekauften Wäsche bezogen, ich drapiere die bunten Baumwolltücher über die Fauteuils, Jens hat in seinem Kassettenrecorder passenderweise die Beatles eingelegt. Man bringt uns einen späten *five o'clock tea*, dazu lassen wir uns die im Basar erstandenen Köstlichkeiten schmecken, lesen dann die am Flughafen gekauften Zeitungen und fühlen uns relaxt, fast wie zuhause.

Im Park stehen noch weitere Bungalows, doch nur einer ist bewohnt von einem Italiener, der an der *Durand Line* stationiert ist und sagt, er sei schon solange hier, dass er nicht mehr wisse wie eine Frau aussieht. Die *Durand Line* ist die von den Kolonialmächten so willkürlich geschaffene 2.600 km lange Grenze zwischen Afghanistan und Pakistan, die quer durch das Stammesgebiet der Paschtunen und Belutschen gezogen wurde.

Am nächsten Tag fahre ich mit dem Bus ins fünfzehn Kilometer entfernte Islamabad zur deutschen Botschaft. Der Presseattaché Herr Rosiny schlägt mir vor, einen komplett neuen Antrag zu stellen, denn die Belutschistan-Genehmigung sei ohnehin quasi ein Ding der Unmöglichkeit. Meine Anfragen aus München seien vor allem wegen des angesprochenen politischen Teils abgelehnt worden. Das wäre der wunde Punkt gewesen. Man ist hilfreich, bereitet ein Schreiben für die zuständigen Ministerien vor, und erklärt, dass Belutschistan für das deutsche Fernsehpublikum eine völlig unbekannte Region sei und der geplante Film die historische und wirtschaftliche Bedeutung dieser Provinz mit ihren reichen Bodenschätzen aufzeigen soll.

„Wohnen Sie im Interconti oder im Flashman?"

„Weder noch. Wir haben uns im Mrs. Davies Private Hotel einquartiert."

„Um Gotteswillen, das ist doch eine völlig heruntergekommene Bude. Da geben wir lieber unsere Adresse an, lassen alles über die Botschaft laufen."

Anscheinend hatte man bisher noch nicht mit Freiberuflern zu tun gehabt, die mit einem geringfügigen Etat auskommen müssen und ihre Spesen nicht so großzügig verrechnen können wie festangestellte Regisseure mit einem Team vom Fernsehen.

Herr Rosiny begleitet mich am nächsten Tag ins Außenministerium zum Direktor der *External Publicity*, Mr. Shaukat Fareed, dem wir den Brief von der Botschaft und eine Kurzfassung meines Exposés übergeben. Dieser schaut sich das Exposé an und die Liste mit den Orten, an denen gedreht werden soll, und seine Miene wird düster. Er erklärt, dass in Belutschistan der Ausnahmezustand herrscht, dass man sich nicht frei im Land bewegen dürfe, nur die Gegend um Quetta sei *open area*. Das würde das Vorhaben sehr erschweren, wenn nicht gar unmöglich machen.

Doch Dr. Rosiny lässt sich nicht einschüchtern. Er betont, dass die Botschaft der Bundesrepublik Deutschland mein Projekt voll und ganz unterstützen würde, erzählt, dass ich schon früher mit Herrn Lechenperg in Pakistan Dokumentarfilme gemacht hätte, die im deutschen Fernsehen gezeigt worden wären und ersucht die pakistanische

Regierung, mir dieses Vorhaben möglich zu machen, zumal es sich nicht um einen politischen Film handeln würde.

Um die schlechte Meinung über Mrs. Davies Private Hotel zu korrigieren erzähle ich Herrn Rosiny wie gemütlich wir uns eingerichtet haben, wie uns die Diener verhätscheln, und dass Munir Khan, der mich in den Basar begleitet hat und perfekt Englisch spricht, schon vor der *Partition*, so nennt man die 1947 erfolgte Teilung des britischen Kolonialreiches in Pakistan und Indien, dort Butler war. Damit habe ich sein Interesse angestachelt, er will uns besuchen.

Zwei Tage später kommt ein Mercedes mit deutscher Flagge vorgefahren, die Diener, von mir informiert, dass es sich um eine Art „Staatsbesuch" handelt, stehen neugierig am offenen Tor. Der Chauffeur mit hennarot gefärbtem Bart und einer *Astrachan-Kullah* auf dem Kopf, sonst aber europäisch angezogen, öffnet den Türschlag für Dr. Rosiny, den ich dann durch den Park zu unserem Bungalow führe. Er ist höchst erstaunt, wie bequem und großflächig wir hier wohnen. Da man zu dieser Jahreszeit noch die Sonne genießt, habe ich angeordnet, uns den Tee vorerst im Park zu servieren, bei einem ausladenden Deodar-Baum. Zwei Diener stehen in gebührender Entfernung, um unsere kolonialzeitlichen Klappstühle ab und zu der Sonne nachzurücken. Jens erzählt von seinem Fotoshooting im Basar, wo er in der Gasse der Handwerker einen Schmied entdeckt hat, der Mercedessterne fabriziert. Herr Rosiny sagt, die Kunden

seien meist Fahrer der buntbemalten Motorrik-
schas, die ihre Fahrzeuge gerne mit so einem Ger-
many-Symbol schmücken. Dann erwähnt er noch,
dass er vor kurzem bei einem diplomatischen
Empfang einen Belutschen getroffen hätte, von
dem ich vielleicht interessante Informationen bekommen könnte. Wenn ich daran interessiert sei,
würde er den Kontakt zu diesem Sohn eines Stam-
meshäuptlings herstellen.

Nachgeschmiedeter Mercedesstern

Die nächsten Tage vergehen mit täglichen Busfahr-
ten nach Islamabad, um im Außenministerium
nachzufragen, wie es mit der Genehmigung steht.

Auch andere Ministerien müssen über mein Vorhaben informiert werden. Manchmal begleitet mich Herr Rosiny, um offiziell Druck zu machen. Alle stehen dem Filmprojekt wohlwollend gegenüber, doch die Erteilung der Genehmigung wird von einem Ministerium zum anderen geschoben.

Jens ist mit dem Bus nach Kabul gefahren, kommt in drei Tagen zurück. Seit ich auf mich allein gestellt bin – dies ist mein erster eigener Film – drückt mich die Last der Verantwortung. Ich darf meinen Optimismus nicht verlieren, das ist Regel Nummer eins. Und ich muss diplomatisch vorgehen. Das ist mir bisher gelungen. Der deutsche Presseattaché ist zuversichtlich, weil ich selbst schwierige Leute von meinem Filmprojekt überzeugen konnte.

Inzwischen ist auch ein Telefonanruf von dem Belutschen gekommen, der mich im Interconti treffen will. Der Portier sagt mir, ich würde im achten Stock, Zimmer soundso erwartet. Normalerweise trifft man sich im Foyer, doch ich beruhige mich mit dem Gedanken, andere Länder, andere Sitten. Die Tür steht offen, auf einem breiten Bett sitzt ein schöner, etwa fünfundzwanzigjähriger Mann mit überkreuzten Beinen, angetan mit einer blütenweißen *Shalwar Khameez*. Er unterhält sich mit einem Gleichaltrigen, begrüßt mich höflich und schon kommt ein Diener, stellt ein Tablett mit einer Kanne Tee und köstlichem Teegebäck vor mich hin. Die beiden Männer reden weiter in ihrer mir unverständlichen Sprache ohne weiter von mir Notiz zu nehmen. Wie beim *special handling officer* am Flugplatz wird mir zu verstehen gegeben, dass ich abwarten und mich nicht ins Gespräch der Männer einmischen soll. Inzwischen überlege ich, welche Fragen ich ihm stellen könnte, vielleicht könnte er mir einiges über die verworrene Situation in Belutschistan erklären.

Bald verabschiedet sich sein Freund, die Tür zum Korridor bleibt weiterhin offen, und der Belutsche, immer noch im Schneidersitz auf dem Bett, wendet sich mir zu und sagt nach den üblichen Präliminarien *„I can help you, to get along in Balochistan"*, fügt aber gleich hinzu, dass das nur ginge, wenn ich in ein bis zwei Tagen mit ihm dorthin fahren würde, er hätte schon ein Abteil im Zug bestellt. Ich dachte, ich hör nicht recht. Die ganze Situation erscheint mir irgendwie suspekt. Hat ihm Dr. Rosiny nicht erzählt, dass wir ein Filmteam sind? Anscheinend glaubt er, ich bin allein unterwegs. Sucht er womöglich eine willige Begleiterin für die fast dreißig Stunden dauernde Zugfahrt in einem Sonderabteil? Hält er mich für einen Hippie? Ich lehne ab und hoffe, dass ich mich irre.

Durch die Hippies, die seit Mitte der sechziger Jahre Asien überschwemmen, Haschisch rauchen und der freien Liebe frönen, hat sich das Bild vom Europäer, einst der gefürchtete Eroberer und respektierte Kolonialherr, vollkommen verändert. Auch unsere Presse trägt dazu bei. Eine Kultur, in der die Frau zum Sexidol gemacht wird, in der es kaum eine Illustrierte ohne nackte und halbnackte Frauen auf dem Titelbild gibt, vermittelt ein falsches Bild von unserer Gesellschaft.

Als unverheiratete, selbständige Frau bin ich in Pakistan etwas, das es in der Gesellschaftsordnung des Islam nicht gibt und nicht geben darf. Dass bisher bei den Ministerien alles so gut lief, verdanke ich auch der Begleitung von Herrn Rosiny, durch dessen Anwesenheit ich schon legitimiert wurde. Pakistaner mit Auslandserfahrung haben natürlich keine Probleme im Umgang mit Frauen aus dem Westen. Die meisten Pakistanerinnen, die oft auch in hohen öffentlichen Ämtern arbeiten, sind verheiratet. Ledige Frauen haben es schwer in Pakistan. In Karachi erzählte mir eine Ärztin einmal, dass sie immer mit der Burka zur Arbeit fährt, diese Verhüllung gäbe ihr Schutz und Anonymität.

Als ich Omar, dem sympathischen Pakistani vom Buchgeschäft im Interconti, mit dem wir uns angefreundet haben, das eigenartige Treffen mit dem schönen Belutschen hier im Hotel schildere, lacht er schallend, denn er kennt ihn. Der hätte sich inzwischen davongemacht, ohne die Hotelrechnung zu bezahlen.

Täglich fahre ich nach Islamabad, täglich erkundige ich mich wie die Sache steht und bin für manche schon *a pain in the neck*, eine lästige Person. Da erzählt man mir so nebenbei, dass ein bekannter Filmregisseur aus Deutschland, H. W. Berg, letztes Jahr auch einen Film über Belutschistan machen wollte und keine Genehmigung bekam. Einerseits bin ich erleichtert, dass das Thema gewissermaßen noch jungfräulich ist, andererseits wird mir nun bange.

Als Ersatzthema hatte ich die Geschichte des Flusses Indus vorgeschlagen, was vom ZDF nur für den äußersten Notfall genehmigt worden ist. Da müsste ich wieder viel Zeit mit der Bürokratie verplempern und für jede Brücke, jede Anlegestelle, kurzum für alles, was von strategischem Interesse sein könnte, Genehmigungen vom Verteidigungsministerium einholen. Ich habe mich auf Belutschistan vorbereitet, das muss ich hinkriegen – auf Biegen oder Brechen.

Omar will uns jemanden aus Karachi vorstellen, der Beziehungen zur Fischereiflotte hat und uns helfen kann im Arabischen Meer zu filmen. Belutschistans Süden ist die Makranküste am Arabischen Meer, das zum Indischen Ozean gehört, man betrachte die beigefügte Landkarte. Da ich von früheren Pakistanreisen weiß, dass ohne Beziehungen in diesem Land nichts läuft, bin ich für jedwede Hilfe dankbar. Um diesen Mann kennen zu lernen, werden Jens und ich zu einer sogenannten *floor show* ins Interconti eingeladen. Dieser Mann aus Karachi ist ein sympathischer Typ, der eine Textilfabrik besitzt. Er erzählt, dass er seine Erzeugnisse über Malta nach Europa verschiffen würde, deshalb habe er Kontakte zur Flotte. Schmalzige pseudoeuropäische Tanzmusik klingt aus einem kaum beleuchteten Saal, in dem fast nur Männer sitzen. Da Pakistan ein „trockener" Staat ist, darf kein Alkohol ausgeschenkt werden. Das wird natürlich umgangen. Unsere Begleiter haben eine Papiertüte dabei, was mich schon wunderte. Kaum haben wir Platz genommen, stellt Omar die Tüte unter den Tisch, bestellt beim Kellner Coca-

Cola, Mineralwasser, Eiswürfel und Gläser, steckt ihm diskret etwas zu, wahrscheinlich Schweigegeld. Dann holt er aus seiner Papiertüte eine Flasche Malt Whisky, schenkt ein und lässt sie gleich wieder verschwinden. Die Atmosphäre ist hier anders als in europäischen Nightclubs, sie hat so etwas unangenehm Voyeuristisches an sich. All diese Männer glotzen auf die angestrahlte, leicht erhöhte Tanzfläche, auf der sich drei Paare hin- und herschieben. Es sind auch keine Pakistanerinnen, mit denen die Sikhs da engumschlungen tanzen, sondern Europäerinnen, Angestellte internationaler Firmen, sagt Omar, der sich da auskennt. Natürlich wäre es viel gemütlicher gewesen, bei uns im Bungalow den Whisky vor dem Kamin zu trinken und dazu die Beatles zu hören, doch hier ist das Intercontinental Hotel mit seiner europäischen Tanzmusik schick.

Am nächsten Tag bin ich wieder im *Foreign-Office* um Druck zu machen, denn der Termin für die nur alle vier Jahre stattfindende *horse and cattle show* in Sibi rückt immer näher. Ich werde sogar von Generaldirektor Shaukat Fareed empfangen und dieser freundliche Mann sagt mir für den kommenden Tag eine definitive Antwort zu. Mit dieser noch höchst ungewissen Zusage begebe ich mich zu Herrn Rosiny, der Jens und mich zum Abendessen einlädt.

Nach Sibi

Die Genehmigung ist da, wir dürfen filmen! Auch der deutsche Botschafter Dr. Hoffmann-Loss freut sich, dass es endlich geklappt hat. In Sibi wird uns ein C. O., ein *conducting officer*, im Circuit-House erwarten, der uns hilfreich zur Seite stehen soll, heißt es. Ich schicke gleich ein Telegramm an den Kameramann in München, dass er in spätestens einer Woche nach Karachi fliegen soll, es geht nun los, in Sibi wird noch Jens filmen.

Ich kann mich heute nicht mehr erinnern, warum wir uns für die fast dreißigstündige Fahrt mit dem Zug nach Belutschistan entschieden haben, rückblickend war es die grauenhafteste meines Lebens. Wahrscheinlich war es die Sorge wegen der so oft aufgrund von Schlechtwetter abgesagten Flüge von Karachi nach Quetta diese *horse and cattle show* zu versäumen und der Vorteil, ohne Umsteigen direkt nach Sibi zu kommen.

In aller Herrgottsfrühe fahren wir zum Bahnhof. Gleich stürzt sich ein Kuli auf unser Gepäck, verjagt einen zweiten, überquert auf einer Hochbrücke die Geleise, in den Händen hält er all unsere Taschen und den schweren Alukoffer, auf dem Kopf balanciert er meinen Lederkoffer. Im Schalterraum und auf den Perrons drängen sich Menschen mit den unterschiedlichsten Kopfbedeckungen, gegen die Kälte haben sich viele eine Decke umgeworfen. Ich war noch nie mit einem indischen oder pakistanischen Zug unterwegs und meine naive Vorstellung, dass man problemlos zwei Fahrkarten für die erste Klasse bekommen würde, stellt sich als Trugschluss heraus. Aber nach reichlicher Verteilung von Trinkgeldern tut sich etwas. Ich wusste auch nicht, dass es hier in den Zügen Geschlechtertrennung gibt. Nur im Frauenabteil der ersten Klasse war noch ein Platz frei. Da die anderen Mitfahrerinnen erst in Lahore zusteigen, darf Jens die ersten sechs Stunden bei mir im leeren *ladies compartment* bleiben, dann muss er woanders hin.

Die Strecke führt quer durch den Punjab, Land der fünf Ströme genannt, (*panj*-fünf, *ab*-Wasser) bis Sukkur im Sindh und biegt dann nach Nordwesten ab, nach Belutschistan und seiner Provinzhauptstadt Quetta. Der Zug stammt noch aus der Kolonialzeit, da gibt es keine Durchgänge von Waggon zu Waggon. Jeder Waggon ist eine Festung für sich. An den seltenen Haltestellen kann man vom Fenster aus Tee und Schälchen mit Curryreis, Orangen oder Joghurt erstehen. In Lahore kommt ein netter Schaffner, der erzählt, dass er mit seiner Hockeymannschaft schon einmal in Deutschland gewesen sei. Er bringt Jens woanders hin, denn schon drängen sich die Damen ins Abteil mit Unmengen von Bündeln und Gepäck, ein Kleinkind wird mir übergeben, damit seine Mutter die Hände frei hat, um ihre Sachen mit viel Geschnatter neben unsere Gepäckstücke zu zwängen. Nicht alles hat Platz. Der Rest wird auf dem Gang abgestellt, wenn jemand die Toilette benutzen muss, kommt er daran kaum vorbei. Ich werde nach dem Woher und Wohin ausgefragt und mit Süßigkeiten verwöhnt, dann bekomme ich wieder das Baby auf den Schoß und muss die üblichen persönlichen Fragen, ob ich Kinder habe, ob ich verheiratet bin, über mich ergehen lassen.

Gegen Mitternacht sind wir in Sukkur. Hier befindet sich der wichtigste Staudamm Pakistans, der das Wasser des Indus und seiner Nebenflüsse in Kanäle verteilt und so das heute weltgrößte System der Bewässerung – es handelt sich um zwanzigtausend Quadratkilometer bewässertes Land – geschaffen hat. Davon lebt ganz Pakistan. Es ist schon fast Mitternacht als der Indus überquert wird, in der Dunkelheit erkennt man leider nichts. Bald erreichen wir Belutschistan. Bei einem Bahnhof gibt es einen längeren Aufenthalt wegen Rangiermanövern, am Zug werden vorne und hinten Waggons mit Soldaten angehängt. Zum Schutz, denn Züge sind beliebte Ziele für Anschläge der Rebellen. Obwohl Präsident Zulfikar Ali Bhutto den Rebellen eine Amnestie gewährt hat, haben sich noch längst nicht alle ergeben.

Ich gehe auf den Bahnsteig, kaufe mir einen Becher von dem nahrhaften gesüßten Milchtee und schlendere den langen Zug entlang, in der Hoffnung, irgendwo auf Jens zu treffen. Als das Signal für die Abfahrt gegeben wird, finde ich nicht mehr zu meinem Waggon zurück, rüttle an versperrten Türen, sehe weit und breit keinen Schaffner. In Panikstimmung erklimme ich einen Waggon, dessen Tür noch offen ist und befinde mich in einem kaum beleuchteten Güterwagen. Im Halbdunkel erkenne ich Männer mit Turbanen, die auf Kisten und Säcken herumsitzen. Man deutet auf einen mit Getreide oder Reis gefüllten Sack, auf dem ich Platz nehmen kann. Ich stammle nur *taschakor, taschakor*, das heißt in Afghanistan danke, denn irgendwie erinnern mich diese Typen an die Paschtunen Afghanistans. Mit meinen Khaki-Hosen, dem übergroßen Pullover und dem Kopftuch bin ich wenigstens nicht unpassend angezogen. Alle tun so, als ob es mich nicht gäbe, rauchen würzige *bidi* Zigaretten oder schlafen. In einer Ecke liegt ein gackerndes Bündel zusammengebundener Hühner. Ich denke an unser Gepäck, das sich im Frauenabteil befindet. Dort ist auch mein verschlossener kleiner Alukoffer mit den Pässen, Dokumenten, und den Travellerschecks. Die Frauen werden sich zwar wundern, wo ich geblieben bin, doch sonst habe ich keine Sorge.

Nach langer Zeit hält der Zug und ich bin so steif, dass ich mich kaum mehr rühren kann. Auf dem Bahnsteig finde ich den einst hockeyspielenden Schaffner, der mich zu meinem Abteil bringen will. Aber ich möchte zu Jens. Der ist weiter vorne, allein in einem Waggon ohne Bänke, sitzt auf einem improvisierten Gestell. Froh, nach so vielen Stunden wieder zusammen zu sein, mache ich es mir irgendwie neben ihm bequem. Wie zwei Hühner sitzen wir nebeneinander auf einer Stange. Er breitet seinen Alpacca-Poncho auch über mich, denn es ist verdammt kalt. Wie gut, dass ich Jens als Reisegefährten dabei habe, er hat Sinn für Situationskomik! Wer sonst würde bei so einer langen ungemütlichen Zugfahrt nicht die Nerven verlieren.

Auf eine geschwisterliche Art fühlen wir uns durch dieses Abenteuer verbunden.

Um sechs Uhr früh kommen wir endlich in Sibi an. Für Jens ist hier die Reise zu Ende, wir haben ausgemacht, dass er unser Gepäck zum Circuit House bringt, wo uns der Verbindungsmann, der sogenannte C. O. (*conducting officer*), erwarten soll. Ich fahre noch weitere fünf Stunden bis Quetta, um bei Siemens ein paar Dosen von unserem Filmmaterial für die morgen beginnende *horse and cattle show* zu holen.

„In zwölf Stunden bin ich zurück, bitte hol mich ab" rufe ich Jens noch nach. Mein Frauenabteil hat sich inzwischen fast geleert, eine neue Mitreisende bietet mir heißen Tee aus ihrer Thermosflasche an.

Wäre die britische Kolonialmacht Ende des 19. Jahrhunderts nicht aus strategischen Gründen an diesem Gebiet interessiert gewesen – *The Great Game* ² nannte man damals die Furcht vor dem expansionslüsternem zaristischen Russland – so könnte ich jetzt nicht bequem hier im Zug sitzen. Denn es waren die Briten, die eine Straße und diese Bahn über den Bolan Pass bis zur afghanischen Grenze bauten. Das war Teil ihrer *forward*

---

² *Als great game* bezeichnete man im letzten Viertel des 19. Jahrhunderts die Überzeugung Europas, dass der nächste unvermeidliche Krieg der *showdown* zwischen Großbritannien und dem immer weiter nach Südosten vorrückenden zaristischen Russland sein würde.

policy, um Afghanistan eventuell problemlos erobern zu können, wozu es aber nicht kam.

Bolanpass-Bahn

Diese Bauprojekte zu verwirklichen war nicht einfach, denn in diesem unfruchtbaren Land lebten
die Stämme der Belutschen notgedrungen von
Überfällen und Raub. Keine Karawane kam ungeschröpft über den Bolanpass, sie überfielen auch
Dörfer in den fruchtbaren Indusebenen und zogen
sich mit ihrer Beute blitzartig in ihr uneinnehmbares, von Schluchten zerklüftetes Wohngebiet zurück. Anfangs zeigten die Kolonialherren nur Bewunderung für den Mut, Stolz und Kampfgeist dieser Kämpfer *par excellence*, die lieber sterben als
sich zu ergeben. Denn Krieg ist bei den Belutschen

Ehrensache. Doch als die Raubüberfälle auf die britischen Militärstützpunkte und *cantonments* unerträglich wurden, hat man sie geächtet. Für jedes Mitglied des besonders gefürchteten Bugti-Stammes setzte man sogar einen Kopfpreis aus. Als das auch nicht funktionierte, änderte die Kolonialregierung ihre Politik. Die Stammesfürsten erhielten Bestechungsgelder, sie wurden auch mit einträglichen Ämtern betraut und mussten im Gegenzug ihre Leute ruhig halten, damit der Bau von Straße und Bahn nicht torpediert wurde. So wandelte sich die Stammesgesellschaft nach und nach zu einer Art Feudalherrschaft. Denn die Stammesfürsten wurden reich und durften weiter das Land regieren wie bisher. Es gab keine soziale Entwicklung.

Während sich der Zug langsam den Bolanpass hinaufquält, betrachte ich die Landschaft vom Fenster. In dieser bizarren gebirgigen Landschaft fährt der Zug über viele Brücken, die Cascade Bridge, die Elgin Bridge und die Crus Bridge, alle auf Englisch beschriftet. Ich mache mir Notizen, was wo gefilmt werden könnte, denn der Bolanpass und der weiter nordöstlich gelegene Khyberpass waren schon in vorgeschichtlicher Zeit die wichtigsten Übergänge für die Einwanderer und Eroberer des subindischen Kontinents.

Nach dem Pass fährt der Zug in einer öden, flachen, unbesiedelten Landschaft an Gräbern der Nomaden vorbei. Es sind nur aufrecht gestellte Steine ohne Namen, ab und zu weht auf einer Stange ein vom Wind zerfetztes rotes Tuch, was bedeutet, dass dieser Mensch keines natürlichen Todes gestorben ist. Blutrache ist hier Ehrensache. Fehden werden über Generationen weitergeführt. Oft geht es um ein gestohlenes Kamel, um Wasser oder Weideland, meist aber um eine Frau. Die Belutschen haben eine Zwangsvorstellung von der Keuschheit ihrer Frauen und der Ehrenmord ist in ihrer Kultur verankert.

Nomadenfriedhof

Um elf Uhr komme ich in Quetta an und lasse mich gleich von einer Motorrikscha zu Siemens bringen. Es ist Freitag, also Feiertag, aber zum Glück sind zwei Angestellte da, und ich kann die Filmkassetten und das Gerät für die Tonaufnahmen holen. Die beiden Pakistanis begleiten mich zum Restaurant gegenüber, denn ich muss endlich etwas essen, ehe ich vor Hunger umfalle. Sie haben es dann eilig in die Moschee zu gehen und mich, auf dem Weg dahin, am Bahnhof abzusetzen. Obwohl ich liebend gern diese lange Rückfahrt von der Gegenrichtung gesehen hätte, kann ich mich nicht mehr wachhalten, döse in der Ecke des Abteils. In Sibi erwartet mich schon Jens.

„Wir werden hier im Warteraum der Frauen übernachten müssen, auf zwei Liegen." Als ich ihn entgeistert anschaue, erzählt er, dass er mit einer Pferdedroschke zum *Circuit House* gefahren sei, doch da habe man ihn abgewiesen, es sei schon belegt. Da es in diesem Ort sonst kein Gasthaus gibt, hätte der Bahnhofvorstand diese Lösung vorgeschlagen.

Mein Adrenalinspiegel steigt. Wie eine Furie begebe ich mich mit Jens zum Bahnhofsvorstand. Der sitzt in einer mit einem Kohleöfchen beheizten dunklen Bude und spielt mit jemandem Schach. Vorsichtig rücken sie ihr Brettspiel zur Seite, schaffen so Platz für meine Unterlagen, und stellen die Telefonverbindung zum A. D. C. – das heißt *Additional Deputy Commissioner* her. All diese Bezeichnungen stammen noch aus der Kolonialzeit. Ich erkläre, dass für uns das *Circuit House* reserviert worden sei, das nun angeblich besetzt ist. Dieser antwortet, er hätte das schon meinem Assistenten erklärt, es sei ein anderes Filmteam da, das dort wohnen würde. Vor Nervosität, schiebe ich unbewusst die Schachfiguren hin und her, was Jens kritisch kommentiert.

„Jetzt fahren wir dorthin, dieses Filmteam möchte ich kennenlernen".

Das Wort 1001 Nacht ist ein Klischeebegriff, der für einen märchenhaften Orient steht, doch mir fällt nichts Besseres ein, um diese lange Fahrt in einer Pferdekutsche vom Bahnhof nach Sibi zu beschreiben. Zuerst geht es durch leeres Land, dann vorbei an hohen Lehmmauern, und plötzlich sind wir in einer belebten Basarstraße. Überall mit Karbidlampen beleuchtete Verkaufsstände, dazwischen *Tschaikhanas* aus denen Musik tönt, Holzkohlengrills, an denen Männer mit Fächern aus Palmen über Hammelfleischspießen wedeln. Durch offene Türen sieht man *Charpois*, die vierbeinigen, mit Lederstreifen bespannten Liegen, auf denen Belutschen entspannt eine *Hookah,* so nennt man hier die Wasserpfeifen, genießen. Und über allem hängt dieser würzige Rauch, der mich schon wieder hungrig macht.

„Jens, am Bahnhof schlafen wir nicht, notfalls verbringen wir die Nacht hier, selbst wenn ich mich als Mann verkleiden muss", sage ich unternehmungslustig. Doch im *Circuit House* stellt sich heraus, dass wir das Filmteam sind, auf das der C. O. schon den ganzen Tag gewartet hat.

Hier haben wir allen Komfort, wunderbare Betten und ein gut funktionierendes Bad. Zum Glück unterhält die pakistanische Regierung in allen wichtigeren Orten diese Gästehäuser, die es auch in Indien entlang der *Grand Trunk Road* in Abständen von Tagesrouten gibt.

Dieser *Conducting Officer* ist ein kleiner, geschniegelter, schnauzbärtiger Mann, zu dem ich keinen Zugang finde, der nur mit Jens reden will.

Feldlager der Belutschen

Am nächsten Tag wird mir klar, woher die die fremdartigen Geräusche, die ich nachts wahrnahm, stammen. Die zu Tausenden nach Sibi gekommenen Stammesleute lagern ganz in der Nähe. Ein malerisches Durcheinander. Neben Zebu-Ochsen, Pferden und Kamelen, liegen auf geflochtenen Matten Bündel von Steppdecken und Gebrauchsutensilien. Und überall diese Männer mit ihren rabenschwarzen oder karottenrot gefärbten Bärten und den riesigen Turbanen um den Kopf. Wer weiß, wie viele Meter Stoff sie dazu verwenden. Alle tragen die *Shalwar Khameez*, darüber oft bortenverzierte Samtwesten und als Fußbekleidung meist Sandalen mit Autoreifensohle, ab und zu sogar goldbestickte Schnabelschuhe. Manche trinken Tee, einer knetet Brotteig, ein anderer repariert einen Wagen, Knaben füttern Tiere und melken eine Ziege, die gegen den bösen Blick ein Halsband aus türkisfarbenen Glasperlen trägt.

Sibi ist bekannt als der heißeste Ort Pakistans. „Oh Gott, wenn du Sibi erschaffen hast, hättest du dir die Hölle ersparen können", heißt ein Sprichwort, denn hier steigen die Temperaturen im Sommer auf 50° Celsius und im Winter bringen beißende Winde von den Bergen eisige Kälte. Dieser Ort liegt außerhalb der Monsunzone, hat ein extrem kontinentales Klima. Februar ist die ideale Zeit für die *horse and cattle show,* nicht zu heiß und nicht zu kalt.

Bald beginnen die Spiele. Als wir zur Arena kommen, einem langgezogenen Platz ähnlich dem von Olympia, muss ich unwillkürlich an die ersten Zeilen von Schillers Kraniche des Ibykus denken: „Zum Kampf der Wagen und Gesänge, der auf Korinthus Landesenge der Griechen Stämme froh vereint, zog Ibykus, der Götterfreund".

Sibi horse and cattle show, 1976

Hier sitzen auf einer fahnengeschmückten Zuschauertribüne die Prominenten, der Khan von Kalat, der mächtigste Mann in Belutschistan, Gouverneure der verschiedenen Regionen, hohes Militär und deren Frauen und Kinder. Tausende von Zuschauern umgeben in dichten Reihen die Arena, die vorderen hocken am Boden, die hinteren Reihen stehen auf Bänken, die Bäume biegen sich vor Menschen, die da hinaufgeklettert sind, um eine bessere Sicht zu haben. Jens filmt diese wunderbare Kulisse, ich bediene das Uher Tonbandgerät.

Zum Auftakt kommt eine Militärmusikkapelle in unglaublicher Aufmachung anmarschiert: Die Musiker tragen goldbetresste schwarze Hosen und rote Jacken, von ihren Schultern hängen *tartans*, bodenlange Schals im Schottenkaro und ihre Kopfbedeckung in der Form eines Turbans ist mit Goldfransen verziert. Sie spielen auf dem Nationalinstrument der Schotten – auf Dudelsäcken. Wenn das keine Relikte aus der Kolonialzeit sind!

Militärkapelle mit Schottenkaro-Umhängen und Dudelsackpfeifen

Dann werden kräftige, wohlgenährte, und teilweise mit prächtigen Schabraken geschmückte Zeburinder vorgeführt. Sie sind das Ergebnis der Zusammenarbeit mit der pakistanischen Regierung, die das Interesse der Stammesleute an Zuchtverbesserungen geweckt hat. Viehzucht war immer schon die Lieblingsbeschäftigung der Belutschen, die keine Geduld hatten, Ackerbau zu betreiben und zu warten, bis die Feldfrüchte reif werden. Der Nomadismus, das Weiterziehen von Weidegrund zu Weidegrund, befriedigt auch ihren Freiheitsdrang.

Viehzucht ist die Lieblingsbeschäftigung
der Belutschen

Dieses Fest dauert zwei Tage. Da gibt es Vorführungen von Kriegstänzen, ähnlich dem Attan der Paschtunen in Afghanistan. In Gruppen tanzen diese verwegenen Typen in ihrer weißen Tracht, stampfen im Takt zu Trommelschlägen, klatschen in die Hände und werfen den Kopf mit ihren halblangen offenen Haaren in wilden Bewegungen hin und her. Staubaufwirbelnde Ochsenkarrenrennen wechseln mit Kamelrennen ab, die oft schwierig sind, denn die Tiere haben ihren eigenen Willen und wollen nicht immer das tun, was man von ihnen verlangt. Sie beißen, spucken Schaum und können nur mit Stricken, die durch ihre Nasenlöcher führen, gebändigt werden.

Höhepunkt ist das populärste Reiterspiel der Region, das sogenannte *tentpegging*. Da reitet einer im Galopp auf einen in den Boden eingelassenen hölzernen Zeltpflock zu und versucht, diesen im Vorbeireiten mit der drei Meter langen Lanze, die er in der Hand hält, auszustechen. Eine Geschicklichkeitsprobe sondergleichen. Dieses Reiterspiel geht auf die Raubüberfälle vergangener Zeiten zurück, als Krieger im frühen Morgengrauen ein Nomadenlager überfielen und auf diese Weise mit ihren Lanzen die Heringe oder Zeltpflöcke im Boden lösten, dadurch die Schlafenden unter den zusammenfallenden Zeltbahnen begruben.

Jens hat voller Begeisterung alles gefilmt, und nun ist kein Material mehr da, um die später stattfindende *Garden Party* aufzunehmen, zu der ich vom Gouverneur eine goldbedruckte Einladung bekam. Wir haben uns geduscht und umgezogen, doch meine schwarze Samthose und das klassische Strickjäckchen aus Seide finden nicht das Okay unseres C. O. Er bittet mich, ein Kleid anzuziehen, wie es sich für eine Frau gehört. Ich gebe nach und erscheine in einem gestreiften Zeltkleid, ziehe auch Nylonstrümpfe an, und elegante Schuhe. Nun ist er zufrieden. Dann fahren wir mit einer Tonga[3] dorthin. Die Polizeiband und eine Militärband spielen

---

[3] Pferdedroschke

wieder Dudelsackmusik, auf einem Rasen stehen viele Reihen langer Tische mit Tee, Keksen und Obst für die geladenen Stammesleute, alle höchst folkloristisch in ihrer traditionellen Kleidung, mit ihren üppigen Bärten und den gewaltigen Turbanen. Der 83-jährige Gouverneur von Kalat, noch topfit, geht durch die Reihen und begrüßt jeden Einzelnen mit Handschlag. Er ist klein und dick, die Stammesleute groß und stattlich, vom vielen Hinaufschauen muss er schon Nackenschmerzen haben, denn bei manchen streckt er nur mehr seine Hand aus, ohne den Kopf zu heben. Plötzlich sieht er Frauenbeine, bleibt stehen, blickt überrascht nach oben und spricht mit mir, der einzigen Frau in diesem Männerverein. Das haben viele beobachtet, nun bin ich akzeptiert. Daraufhin schenkt mir ein Belutsche galant Tee nach, und als Jens mit seiner Rollei hantiert, stellen sich gern mehrere zu einem Gruppenfoto um uns. Ein charismatisch wirkender Mann spricht mich in perfektem Englisch an und lädt uns ein ihn zu besuchen, schreibt mit einer Füllfeder seine Adresse in seiner Kalligraphie und unserer Schrift: Wadero Miro Khan Marri, Maiwand, Kohlu Agency. Wir sind noch einige Wochen hier und werden diese Einladung gerne wahrnehmen. Irgendwie beginne ich die anfängliche Bewunderung und Begeisterung der Kolonialherren für diese freiheitsliebenden Stammesleute zu verstehen und bin dankbar, dass ich bei dieser kolonial anmutenden *Garden Party* des Gouverneurs einen Hauch davon zu spüren bekam.

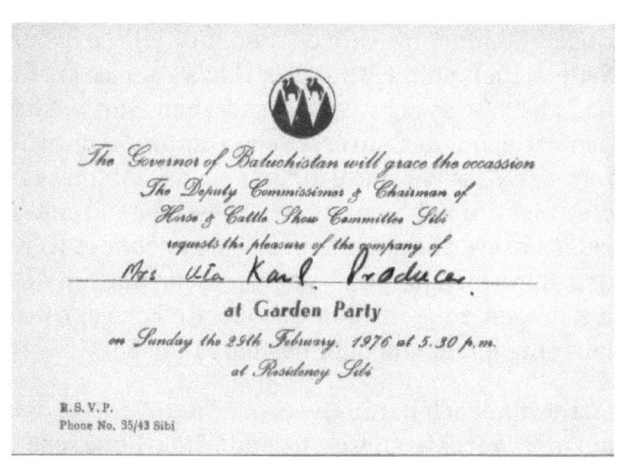

Einladung des Gouverneurs von Belutschistan

3. v. li Jens, 5. v. li CO. 7. v. li . Uta

Unser Conducting Officer, der uns hilfreich zur Seite stehen soll, entpuppt sich als Aufpasser. Er will gleich wissen, was da gesprochen wurde, und den Zettel mit der Adresse sehen. Er macht mir sofort klar, dass wir diese Einladung ins Stammesgebiet nicht annehmen können, anscheinend muss jeder unserer Schritte behördlich genehmigt werden. Er pocht auf seine Mappe mit schriftlichen Anweisungen, zeigt mir nur die oberste Ecke der Dokumente mit einem quer gestempelten SECRET.

Später finde ich heraus, was der Titel Wadero, der auf der Adresse dieses freundlichen Belutschen steht, bedeutet. Waderos sind Stammeshäuptlinge, deren Macht vom Vater auf den Sohn übergeht. In der Hierarchie der Stämme stehen sie unmittelbar unter dem Sardar. Und die Macht der Sardare ist das, was der pakistanischen Regierung so viel Sorgen bereitet. Denn die Sardare sprechen Recht, unterhalten Privatarmeen, benehmen sich wie Lehnsherren, sind gegen Fortschritt, obwohl sie ihre eigenen Söhne oft auf britische Eliteschulen schicken. Doch bei weitem nicht alle sind gegen die Regierung. Viele befürworten sie, die anfängt, in Belutschistan Schulen und Krankenhäuser zu bauen. Doch das kann sich wieder ändern, denn die großen Stämme der Marri, Bugti, Rind, und wie sie alle heißen mögen, sind in hunderte von Unterstämmen zersplittert, die sich oft bekriegen und wieder versöhnen, wenn es darum geht Stammesinteressen zu wahren.

Einig sind sich die meisten in der Ablehnung der von der Zentralregierung verordneten Gesetzgebung. Denn Premierminister Bhutto hat Belutschistan unter seine Gerichtsbarkeit gestellt. Vor allem fordern sie einen Anteil vom Gewinn an den reichen Bodenschätzen Belutschistans. Angeblich wird diese Unzufriedenheit mit der Regierung von den Nachbarstaaten, vorweg Indien, angeschürt, das sich vom Zerfall Pakistans Gewinn verspricht. Dieses Ränkespiel ist für Außenstehende schwer durchschaubar, da spielen auch die USA und China, das Pakistan unterstützt, eine Rolle. Diese verworrene, instabile Situation ist auch der Grund dafür, dass die Regierung jedem Filmprojekt kritisch gegenübersteht.

Wir fliegen nach Karachi, in drei Tagen kommt unser Kameramann Frederick. Unser C. O. ist schon total erschöpft, obwohl wir ihn keineswegs überfordert haben. Er war es, der uns dauernd bespitzelte, der notierte, wohin wir gingen und mit wem wir sprachen.

Karachi

In Karachi ist es wieder heiß, man braucht Sommersachen. Wir wohnen im National City Hotel, dessen eigenartige Architektur ungewollt ein hausgemachtes futuristisches Flair hat. Der Innenhof ist bis zur überdachten Kuppel offen. Von unten übersieht man alle Stockwerke, deren Zimmer auf einen balkonartigen Rundgang münden. Jeder kann da, wie im Theater von den Galerien, hinunterschauen. Die vom Boden bis zur Kuppel reichenden enormen Lüftungsschächte für Aircondition sind mit Alufolie verkleidet und werden dadurch zu einer gleißenden, glitzernden Dekoration.

National City Hotel

Wir brauchen noch die unentbehrlichen Visiten-karten und überlegen uns wie man die imaginäre Firma zur Herstellung von Dokumentarfilmen nennen könnte. Mich inspirieren die Werbepla-kate für K2 Zigaretten. Der K2 ist mit seinen 8.600 Metern der höchste Berg Pakistans, und die Nach-namen von Jens und mir beginnen beide mit K. Also wird es die K2 Filmproduktion.

von li n. re C. O., Frederick, Jens

Die Zeit bis zu Fredericks Ankunft aus München nütze ich, um all den bürokratischen Kram zu erle-digen. Alles muss schriftlich gemacht werden, zum Glück habe ich meine Olivetti dabei. Statt eines Aufpassers bräuchte ich einen Organisator, der weiß, wie der Hase läuft.

Dann gehe ich noch Pluderhosen kaufen, die bequemer sind als Jeans. Es ist ein Spießrutenlaufen allein im Gedränge der Marktstraßen. Ein paar Mal werde ich in den Po gezwickt oder betatscht und ich verstehe, warum sich die Frauen hier lieber von Kopf bis Fuß verschleiern. Am Stand werden mir Pluderhosen vorgelegt, und als ich mich erkundige, ob es eine gäbe, die nicht unbedingt zwei bis drei Meter Taillenweite hat, verneint man und erwidert: *„It suits you well, it fattens you up!"* (Das steht ihnen gut, es macht Sie dicker). Im Hotel korrigiere ich den Schnitt mit Stecknadeln und bitte den Portier, der mir wohlgesinnt ist – er machte mir Komplimente über mein Passfoto – sie möglichst schnell irgendwo nähen zu lassen.

Unser C. O. bringt schlechte Nachrichten. Es fehlt noch die Genehmigung vom Verteidigungsministerium. Wozu muss auch die Verteidigung ihre Zustimmung geben? Mir scheint, mein Filmprojekt wird zu einer Staatsaktion. Ich möchte die Briefe sehen, die in dieser Angelegenheit geschrieben wurden, doch er verweist wieder auf den Vermerk SECRET. Ich kann jetzt, wo der Kameramann kommt, keine Verzögerungen mehr brauchen. Zum Glück klappt die Telefonverbindung nach Islamabad und so bestürme ich Herrn Rosiny und Mr. Shaukat Fareed vom Foreign Office, das zu regeln.

Am späteren Nachmittag schlage ich Jens vor, nach Clifton zum Baden zu fahren. Karachi liegt am Arabischen Meer, und ich habe die Gewohnheit in allen fremden Gewässern zu baden, egal ob es eine

Heilquelle im Hindukusch ist oder der laugenhaltige Van-See in der Türkei. Doch hier wimmelt es von zu vielen Menschen, mir vergeht die Lust zum Schwimmen. Wie die Geier stürzen sich Kamel- und Pferdeverleiher auf uns, lassen nicht locker, bis Jens und ich ein Kamel besteigen und uns dabei zum Totlachen blöd finden. Am Platz warten mindestens zwölf Personen auf ein Taxi, doch kaum erblickt uns der Chauffeur, wirft er die eben eingestiegenen Pakistani wieder hinaus, um uns einzuladen. „Guck mal, Ahmed, sieh mal da, weiße Frau aus Alemannia", blödelt daraufhin Jens.

Bei der PIA, wo ich die Sache mit dem *on credit* mitgenommenen Filmgepäck regeln will, gebe ich die neue Visitenkarte ab. Der Mann am Schalter telefoniert daraufhin mit dem Public Relations Officer und redet von Äpfeln, einem Königreich und Liebe. Er ist doch kein Märchenerzähler, was soll denn das? Ich spitze die Ohren und höre, wie er *United-Tommy-Apple. Kingdom-Apple-Roger-Love,* wiederholt. Es ist mein Name, den er da auf eine so harmonisch klingende Art buchstabiert. Sein Vorgesetzter erlässt mir nach einem angeregten Gespräch über das Filmvorhaben nicht nur die Bezahlung des *on credit* mitgeführten Übergepäcks, sondern lässt auch einen ganzen Packen von Gratisflugscheinen innerhalb Pakistans für uns drei ausstellen. Solche Nettigkeiten versöhnen mich wieder mit all den bürokratischen Hürden, die ich dauernd überwinden muss.

Quetta

Anscheinend konnte alles geklärt werden. Wir holen den Kameramann ab und fliegen am nächsten Tag zurück nach Quetta. Während des Fluges erkläre ich Frederick, dass Belutschistan die Hälfte von Pakistan ausmacht, jedoch nur etwa vier Prozent der Gesamtbevölkerung Pakistans dort lebt und warum es da brodelt. Weil man in dieser wüstenhaften Provinz vor nicht allzu langer Zeit eines der bedeutendsten Erdgasvorkommen Zentralasiens entdeckt hat und dieser Reichtum unter dem Boden der armen Stammesleute nur die Entwicklung der anderen Provinzen vorantreibt, Belutschistan selbst nichts davon hat.

In Quetta machen wir das Hotel Imdad zu unserm Basislager. Jens und Frederick schlafen im Zweibettzimmer, ich bekomme ein Einzelzimmer mit Blick auf den Hinterhof. Dort werden die Reste der Kohleöfen entsorgt, wahrscheinlich seit eh und je, denn dieser Haufen ist schon zu einem Hügel angewachsen, auf dem es sich eine Hundemutter mit sechs Babys bequem gemacht hat. In dieser Stadt wimmelt es von herrenlosen Hunden, die meisten sind in einem elenden Zustand.

Im Hotel wohnt auch ein Franzose, der beim Schwefelabbau eine Rolle spielt und mich mit Dschinghis Khan bekannt macht. Das ist der Vetter eines der reichsten Männer Pakistans, Sardar

Zehri, der den Onyxabbau betreibt. So eine Verbindung ist wichtig, denn der Onyxabbau steht auf meiner Wunschliste ganz oben.

Auch die Provinzregierung steht meinem Projekt positiv gegenüber, zumindest hat mir der freundliche Mr. Idschas, *Chief Secretary to the Government of Balochistan,* Transport und sogar einen Hubschrauber für das Stammesgebiet versprochen. Ich bin erleichtert, dass sich endlich alles fügt, dass ich nicht, wie es vom Redakteur des ZDF befürchtet worden war, in diesem islamischen Land als Frau mit Schwierigkeiten zu rechnen hätte. Das Gegenteil ist der Fall. Ohne mein Zutun, nur offen und freundlich auf die Menschen zugehend, erlebe ich überall spontanes Entgegenkommen. Einer machte mir das Kompliment: *"I like you very much, you have such a straightforward way to look at people and to deal with things. You are a great sport!"*

An den Polizeisperren der Ausfahrtstraße von Quetta sammeln sich viele LKWs, die nach Einbruch der Dunkelheit wegen der Ausgangssperre nicht weiterfahren dürfen. Eine gute Gelegenheit für Jens und Frederick, diese fahrenden Bilderbücher zu filmen. Manche sind mit all dem bemalt, was es in der Wüste nicht gibt: Seen, Tannenwälder, äsende Rehe, schneebedeckte Berge. Andere zeigen das geflügelte Reittier des Propheten, schöne Frauen oder Tierdarstellungen. Besonders beliebt sind Pfauen und Raubkatzen. An den Türen sieht man oft arabische Schriftzeichen, es sind meist fromme Sprüche, sagt unser C. O. Auch das Führerhäuschen ist mit bunten Ketten, Spiegeln und Amuletten dekoriert, die den Fahrer wach halten und vor bösen Geistern beschützen sollen. Unweit steht ein Tankwagen, auf dessen ovaler Rückseite ein Löwe gemalt ist, der die Tatze hebt und grimmig blickt. „Das kannst du, wie den Goldwyn Mayer Löwen, für den Filmanfang verwenden", sagt Jens, und diesen Rat werde ich vielleicht befolgen.

LKW Fahrerkabine

Diese über und über buntbemalten LKWs hatten mich auch zum Filmvorschlag „Metamorphose des Kamels" angeregt, den ich beim ZDF präsentierte und der auch unter den Tisch gefallen ist. Denn so wie die Nomaden ihre Leitkamele schmückten, mit bunten Wollquasten und bestickten, spiegelverzierten Zaumzeug, so begannen sie in den frühen sechziger Jahren ihre Autos, welche die Kamelkarawanen als Transportmittel zunehmend ablösten,

Truck Art

phantasievoll zu bemalen. Diese unglaublich facet-
tenreiche Bemalung der LKWs ist eine typisch

pakistanische Erfindung, die inzwischen als Truck Art in die Kunstgeschichte eingegangen ist.

Trotz aller Anfangsschwierigkeiten klappt alles wunderbar. Auch Jens und Frederick, die sich erst hier kennenlernten, vertragen sich bestens. Heute filmen sie den Basar in Quetta, in dem es auch viel Schmuggelware gibt, sogar französische Marken-parfums, zum Beispiel von Rochas.

Persisches Rad

Am Nachmittag fahren wir aufs Land, vorbei an blühenden Mandelbäumen, um ein historisches Wasserhebewerk zu filmen, ein sogenanntes Persisches Rad. Da wird ein Kamel mit verbundenen Augen ständig im Kreis um einen tiefen Brunnenschacht geführt, um dabei mittels einer Stange ein riesiges Schaufelrad anzutreiben. Daran ist ein bis in den Brunnen hinunter reichendes Band mit großen Konservendosen befestigt. Das auf diese Weise geschöpfte Wasser läuft in ein Becken, von dem es dann auf die Felder geleitet wird.

Da im Film auch Belutschistans Reichtum unter der Erde gezeigt werden soll, dazu gehört neben Erdgas auch Kohle, fahren wir zu den Habibullah Mines. Von den fünfhundert Kohlebergwerken in dieser Provinz sind bis auf drei alle in Privatbesitz. Dieses hier gehört dem pakistanischen Botschafter in Malaysia. Neunzig Prozent der hier geförderten Kohle geht an die Ziegelbrennereien im Punjab, nur fünf Prozent bleiben in Belutschistan als Heizmaterial, die anderen fünf Prozent werden in die Nordwestprovinz geschickt, dort ist es im Winter besonders kalt. Die Belutschen sind abergläubisch. Nicht einmal der Ärmste würde unter der Erde arbeiten, denn sie glauben, dort giftigen Dämpfen und bösen Geistern ausgesetzt zu sein. Deshalb werden Arbeiter von Swat oder *Azad*-Kaschmir mit Versprechungen von guter Bezahlung hierhergelockt. Doch wenn ein Kohlenflöz erschöpft ist, müssen sie oft tagelang graben um ein neues zu finden, und dafür bekommen sie nichts. Die Besitzer der Kohlegruben erhalten vom Staat Import-

Habibullah Mines

„Gastarbeiter"

genehmigungen, damit sie zollfrei Maschinen, Sicherheitslampen und Dinge zur Verbesserung der Arbeitsbedingungen einführen können. Doch diese Genehmigungen werden meistens zur Einfuhr von Luxusgütern verwendet. Man kennt diese Zustände, kann aber wenig dagegen tun. Frederick fährt mit einer Lore ein Stück in das Bergwerk hinein und filmt beinah durchgebrochene Stützbalken. Wer weiß, wie es weiter unten ausschaut.

Für morgen ist der Bolanpass angesagt. Doch was gestern perfekt organisiert zu sein schien, ist heute nicht mehr möglich. Unser Aufpasser teilt mir mit, dass es nun ein Totalverbot für das weitere Filmen in Belutschistan gäbe. Unsere Erlaubnis galt angeblich nur für die *open areas*. Ich versuche mit den Stellen in Islamabad zu telefonieren, doch in dieser Provinz ist auch das Telefonieren nicht immer einfach, ich bekomme keine Verbindung. Zu diesem Zeitpunkt ist es auch nicht mehr möglich abzubrechen und auf das Ersatzthema vom Indus umzusteigen. Mr. Idschas rät mir, sofort nach Islamabad zu fliegen und dort alles zu klären, sonst könnten wir nie in Ruhe weiterarbeiten. Doch wie verständige ich Jens und Frederick? Sie sind mit dem C. O. zum Filmen der *Khareeze* gefahren, was noch erlaubt war. Jens hält auf meinen Wunsch auch die Reiseschecks und die kürzlich erhaltenen Flugtickets im Filmmaterialkoffer unter Verschluss.

Filmverbot

Ich eile ins Hotel, packe eine kleine *overnight bag*, hinterlasse ein paar Zeilen für die beiden und fahre ohne die Flugkarten, mit nur 160 Dollar Bargeld, zum Flugplatz. Ich bin hier schon bekannt wie ein bunter Hund. Ohne das Ticket, das ich nachzureichen verspreche, darf ich nach Karachi fliegen. Dort verschafft mir der *special handling officer*, dem ich vom Grund meiner überstürzten Reise erzähle, gleich einen Flugplatz nach Rawalpindi, wo ich spät abends ankomme. Ich nehme mir ein Zimmer im Flashman Hotel.

Diesmal verweigert das Innenministerium seine Zusage. Alle bedauern. Als mir der deutsche Botschafter mitteilt, dass dies wahrscheinlich das endgültige Aus für mein Projekt bedeutet, bin ich nahe an einem Herzinfarkt. Ich lehne mich ans Fenster in seinem Büro und atme tief durch. Instinktiv erkennt seine Sekretärin, Frau Regina Hansen, meinen Zustand. Sie lädt mich ein, bei ihr zu übernachten, fährt mit mir nach Rawalpindi, um meine Sachen vom Hotel abzuholen, und bringt mich danach in ihr Haus am Stadtrand von Islamabad. Nach einem heißen Bad erwachen meine Lebensgeister und bei einer Tasse Tee erörtern wir mein Problem. Wer könnte noch helfen? Niemand außer dem Premierminister. Und wie kommt man an Zulfikar Ali Bhutto heran? Ich denke an den einzigen Menschen, der da auch weiterhelfen könnte und erwähne Raja Tridiv Roy, ein Chakma, ein Buddhist, ein Poet, der brillanteste Pakistani, den ich Jahre vorher in Ostpakistan kennengelernt hatte.[4]

Regina erwidert „Raja Tridiv Roy? Der wohnt hier in der Nähe. Gestern ist er vorbeigeradelt." Dann erfahre ich noch, dass dieser Raja inzwischen Premierminister Bhuttos persönlicher Berater in Sachen Tourismus ist. Und ein Licht leuchtet in der Finsternis...

Regina ruft Raja Tridiv Roy an, wir dürfen gleich zum Tee vorbeikommen. Der Raja erinnert sich an Lechenperg und mich. Ich sei hier, erzähle ich, um meinen ersten eigenen Film zu machen, ausgerechnet über Belutschistan. Und er, dessen französische Frau zurzeit in Paris weilt, hört interessiert zu. Mit der Erzählung wie ich ohne Tickets durch Pakistan geflogen bin, bringe ich ihn zum Lächeln, doch als ich auf den Grund dieser überstürzten Reise nach Islamabad zu sprechen komme, wird sein freundliches Gesicht ernst. „*That's a big problem*" und morgen ist Freitag, Feiertag. Er telefoniert, ich verstehe nur ab und zu das Wort *television*, ein Zeichen, dass er sich der Sache annimmt.

---

4 Chakmas sind tibeto-burmesischen Ursprungs, der größte Stamm lebt in den Chittagong Hill Tracts. Raja Tridiv Roy stammt aus königlichem Geschlecht, jedoch war das eine rein symbolische Position. Er unterstützte die Regierung Z.A. Bhuttos und kam 1971, nach dem Verlust Ostpakistans, nach Westpakistan.

„Sie sind ein Opfer der Zuständigkeit zwischen Außen- und Innenministerium", erklärt er mir dann, „doch dieser Zia Hussain, der diese Schwierigkeiten macht, wird Sie morgen um zehn Uhr im Innenministerium empfangen. Sie dürfen sich von ihm nicht einschüchtern lassen. Nehmen Sie Regina mit, zwei Frauen sind schon optisch gewichtiger als eine, stellen sie Regina als Vertreterin der deutschen Botschaft vor."

Dann bekomme ich noch eine Menge Ratschläge: „Bleiben Sie beim Thema, geben Sie ohne Umschweife an, was sie wollen. Sagen Sie ihm, dass ich Sie gegen Ihren Wunsch zu ihm sende und beeindrucken Sie ihn mit dem Premierminister. Sie müssen ihr Anliegen ganz präzise formulieren, stark sein, ihn in Bedrängnis bringen, erwähnen Sie auch, dass Deutschland Entwicklungshilfe leistet. Wenn er sich nicht kooperativ zeigt, *give him a tough line!*[5] Und danach will ich hören wie es ausging, *good luck!*"

In der Nacht hörte ich ein Heulen. Zuerst dachte ich an Wölfe, aber Regina sagt beim Frühstück, dass sich hier noch Schakale herumtreiben. Es regnet und ich bin dankbar, dass sie mich auf diesem Canossa-Gang begleitet. Das Regierungsviertel der neuen Hauptstadt wirkt bei diesem Wetter am Freitag noch abweisender, noch unbewohnter. Im

---

[5] "To the point – no diversion. If he doesn't respond, give him a tough line! Impress him with the Prime Minister, say that I sent you against your wish. Demand precisely, be tough, make him afraid".

Block 5 gibt es keinen Aufzug, wir gehen zu Fuß in den dritten Stock und betreten einen ziemlich düsteren Raum mit herabgelassenen Rollos, wo hinter einem Schreibtisch mit einer angeknipsten Tischlampe ein älterer Pakistani sitzt. Zia Hussain gibt mir kühl und unbeteiligt zu verstehen, dass ich Platz nehmen soll. Regina, die ich als Vertreterin der deutschen Botschaft vorstelle, wird ein weiter hinten stehender Sessel angeboten.

Ich sitze nun vor diesem eher verschlossenen Mann, der für einen Pakistani eine auffallend dunkle Hautfarbe hat und erkläre ihm kurz und bündig meine Situation – es sei mein erster Filmauftrag, es soll ein informativer Film über die wegen ihrer Bodenschätze so wichtige Provinz Belutschistan werden, von der die meisten Deutschen keine Ahnung hätten. Ich erzähle von den gelungenen Aufnahmen bei der *Sibi horse and cattle show* und in Quetta, und bitte ihn, mir die Genehmigung zum Weitermachen zu erteilen, führe an, was noch alles fehlt.

Er sagt dasselbe wie alle, dass nur die *open areas* zugänglich wären und drückt dann auf einen Knopf unter der Schreibtischplatte. Ein rothaariger anglo-indischer Sekretär kommt, nimmt ein Diktat auf, das anscheinend mit meiner Genehmigung zu tun hat. An der herablassenden Art, wie er diesen hellhäutigen Mischling aus der Kolonialzeit behandelt, ihn dann, als er einen Fehler entdeckt, vor uns wie einen dummen Schuljungen abkanzelt und alles nochmal schreiben lässt, merke ich, was Hautfarbe in diesem Land bedeutet. Beide haben im Grunde dasselbe Problem. Der eine, weil er zu dunkel, der andere, weil er ein Mischling ist.

Warum sonst wurde dieser rothaarige Pakistani so gedemütigt? Was will uns Zia Hussain damit zu verstehen geben? Was er von uns Europäern hält? Oder was er von den Kolonialherren hielt, deren illegale Nachkommen, die *Anglo-Indians*, wegen ihrer Englischkenntnisse hier arbeiten?

Und dann denke ich an die Ratschläge des Rajas – sich überlegen zeigen, ihn einschüchtern, *make him afraid, give him a tough line*. Das kann ich nun nicht mehr. Ich hatte ihm freundlich und offen meine Situation erklärt und den Auftrag als unpolitischen Film dargestellt. Es sollte ein schöner Film über diese in Deutschland völlig unbekannte Provinz Belutschistan werden. Und jetzt das Aus. Statt Zia Hussain mit Arroganz einzuschüchtern, was mir ohnehin nicht gelungen wäre, danke ich ihm fast überschwänglich für seine Hilfe, in welcher Form sie auch immer sein würde. Sein Gesicht verzieht sich zu einem Lächeln, dadurch wird er mir gleich sympathischer. Und ich geniere mich nicht zu sagen: „Sie sind wie ein Vater, Sie haben erkannt, was für mich auf dem Spiel steht. Ich bin sicher, dass sie einer *Bibi* (Tochter), die Pakistan kennt und liebt, erlauben, diesen Film, von dem auch ihre Karriere abhängt, ohne weitere Restriktionen zu beenden". Dabei greife ich völlig unbewusst nach seiner Hand und füge ein „*Thank you so much*" hinzu.

Anscheinend hat ihn meine Darstellung der Situation zu denken gegeben und meine herzliche Danksagung – ohne noch zu wissen für was – gerührt, denn als ihm der Sekretär nun den neugeschriebenen Brief bringt, zerreißt er ihn wieder, langt zum Telefon, und spricht ziemlich lange. Dann steht er auf, sagt mir freundlich lächelnd, dass nun alles geregelt sei, er hätte mit dem Gouverneur von Belutschistan und dessen *Deputy Commissioner* gesprochen. Ich darf weiterarbeiten, und Montag würde schon um sieben Uhr früh in Quetta ein Regierungsfahrzeug bereitstehen, für die Fahrt nach Westbelutschistan. Wenn nicht der Schreibtisch zwischen uns gewesen wäre, hätte ich ihn umarmt und geküsst.

Raja Tridiv Roy, dem wir gleich die freudige Nachricht bringen, gibt mir noch die Adresse von einem wichtigen Mann in Quetta, einem gewissen ehemaligen Finanzminister Raisani, der mir dort bei Schwierigkeiten weiterhelfen könnte. Dann lädt er Regina und mich zum Dinner ins Interconti ein, zum Glück passt mir eines von ihren Abendkleidern.

Zurück nach Belutschistan

Es gibt keinen Direktflug nach Quetta, deshalb fliege ich nach Karachi und bin nun froh, dass wir all diese Gratistickets bekommen haben. Damals ahnte ich noch nicht, dass ich ständig wie eine Heuschrecke in diesem Land herumfliegen muss. Die Flugdistanz von Rawalpindi nach Karachi beträgt 1.330 Kilometer, von Karachi nach Quetta sind es nochmal sechshundert Kilometer. Und wie es der Teufel will, wird der Flug nach Quetta wieder stündlich wegen Schlechtwetter verschoben und dann ganz abgesagt, wie damals bei der Ankunft. Ich muss aber heute noch nach Quetta kommen, denn morgen früh beginnt unsere Filmreise nach Westbelutschistan. Der Lautsprecher ruft gerade einen Flug nach Sukkur-Multan auf, da eile ich zum *Special Handling Officer* und bitte ihn, mich bis Sukkur mitfliegen zu lassen. Das ist schon um die Hälfte näher, von dort könnte ich eventuell ein Taxi nach Quetta nehmen.

Zuerst heißt es, der Flug sei total ausgebucht, doch auf mein Gezeter hin sagt er *„Wait, wait*, der Pilot ist noch hier". Vielleicht hat man einen rausgeworfen, denn plötzlich werde ich zum Flugzeug begleitet. Ich habe nur eine Reisetasche über der Schulter und mir wird der Platz neben einem soignierten Herrn angewiesen. Ich bin erleichtert, obwohl ich noch nicht weiß, ob dieser Entschluss eine gute Idee ist. In meiner Nervosität greife ich instinktiv nach der Newsweek des Nachbarn, werde mir aber sofort meiner Ungehörigkeit bewusst und entschuldige mich. Wir kommen ins Gespräch und ich erkläre, dass ich mich spontan zu diesem Flug bis Sukkur entschieden hätte, weil der Quetta-Flug abgesagt wurde und ich heute noch dorthin kommen müsse.

Nun will er wissen, was ich in Quetta so Wichtiges zu tun hätte. Ich erzähle von den Schwierigkeiten mit der Filmgenehmigung, die ich gottseidank regeln konnte und dass dort zwei Mitarbeiter auf mich warten. Wie ich von Sukkur nach Quetta zu kommen gedenke, fragt er. „Mit einem Taxi". Er zweifelt, dass diese knapp vierhundert Kilometer lange Strecke über den Bolanpass, der ab 18 Uhr wegen des Ausnahmezustandes und der Rebellengefahr gesperrt wird, noch bei Tageslicht zu schaffen ist. Der Flug vergeht im Nu, er will alles wissen, fragt, warum ich über Pakistan so informiert sei. Ich erzähle, dass ich 1962 das erste Mal hier war und 1966 und 1969 wieder, als Mitglied eines Filmteams. Deshalb würde ich auch die entlegensten Winkel seines Landes kennen, zum Beispiel Kafiristan. Auch im ehemaligen Ostpakistan hätten wir einige Filme gedreht, im Sunderban-Delta sogar versucht, die als *man-eater* gefürchteten Tiger zu filmen. Und jetzt, zehn Jahre später, sei ich mit zwei Mitarbeitern unterwegs, um meinen ersten eigenen Film über Belutschistan zu machen. Er ist so beeindruckt von dieser – wie er sich ausdrückt – *courageous lady*, dass er in Sukkur versuchen will, für mich einen Hubschrauber zu bekommen. Dann gibt er noch eins drauf und erzählt, dass er kürzlich bei einem Staatsbankett neben der Frau eines Botschafters saß, die keine Ahnung von Pakistan hatte. „Warum schickt man nicht Menschen wie Sie hierher?". „Ich bin ja da" antworte ich amüsiert, „aber in anderer Mission".

In Sukkur steigt er mit mir aus, geht zum PIA-Schalter und telefoniert mit mehreren Stellen wegen eines Hubschraubers. Doch es ist Feiertag, der Geburtstag des Propheten steht seinen Bemühungen im Weg. Die PIA-Beamten bestürmen ihn, wieder einzusteigen, das Flugzeug könne nicht so lange warten. *„Just another minute"* sagt er mit einer souveränen Handbewegung und ordnet an, man möge mir ein sicheres Taxi besorgen, die Papiere des Fahrers kontrollieren, falls mir etwas zustoßen würde, wären sie für mich verantwortlich. Während man ihn mit sanfter Gewalt zum Flugzeug lotst, reicht er mir noch seine Visitenkarte und lädt mich zu einem Besuch auf seinem Landgut in Multan ein, dort könne ich mich dann von den Strapazen erholen.

Es ist Mittag, die Zeit drängt. Die PIA-Leute quatschen noch über diesen indirekt durch mich verursachten Flugzeugstop. Ich bitte sie, mir sofort ein Taxi zu besorgen. Endlich kommt ein Chauffeur mit einem alten Chevrolet daher, ich akzeptiere den Preis für diese vierhundert Kilometer ohne zu handeln, allerdings gäbe es die Bezahlung erst bei Ankunft in Quetta. Ich frage ihn noch, ob er auch an Ersatzreifen und Benzin gedacht hätte, und er bejaht lächelnd, mit der in Pakistan und Indien üblichen Kopfbewegung, die man auch als Verneinung interpretieren könnte. Er hat auch einen *Cleaner* dabei. Der macht die schmutzige Arbeit, wie Öl kontrollieren, Benzin nachfüllen und ähnliches. Dann kommt noch ein Polizist, schreibt sich Namen und Daten des Chauffeurs auf und sagt ihm, wenn er mich nicht heil nach Quetta bringen würde, käme er ins Gefängnis und die PIA-Leute bekräftigen seine Rede sicherheitshalber noch mit dem Zusatz, dass ich den Premierminister persönlich kennen würde. Ich besorge noch ein ganzes Bündel Bananen, Orangen, Kekse, eine Thermoskanne Tee und um dreizehn Uhr fahre ich mit diesen beiden Typen los.

Zuerst geht es endlos durch ein ödes Gebiet, die Hupe funktioniert nur, wenn er zwei Drähte kurzschließt und später, als es zu tröpfeln beginnt, muss der Cleaner erst den abmontierten Scheibenwischer anstecken. Schon am helllichten Tag passieren wir den ersten Kontrollposten. Dass eine Frau allein mit einem Taxi in dieser Gegend unterwegs ist, erstaunt oder erschreckt ihn, denn es genügt, dass ihm der Fahrer etwas auf Urdu zuruft, und schon öffnet er den Schlagbalken. Leider kann ich mich mit dem Taxifahrer nicht unterhalten, er kann nicht Englisch und ich auch nur ein paar Worte von seiner Sprache. Von meinem Reiseproviant mag er nichts, nur ab und zu dreht er sich zu mir um und schreit „*Quetta – Bakschiiiisch*"! Das verspreche ich ihm auch.

Der Regen wird stärker und immer, wenn er tiefere Wasserlachen zu schnell durchfährt, stirbt ihm der Motor ab. Der *Cleaner* macht sich dann unter der Motorhaube zu schaffen, wahrscheinlich reibt er den Verteiler trocken. Bis der Wagen wieder anspringt vergeht viel Zeit. Da der Chauffeur meine pantomimischen Ratschläge, sachte und langsam durch die Wasserlachen zu fahren, nicht beherzigt, verliere ich die Geduld und gebe ihm beim nächsten Absterben des Motors zu verstehen, dass ich das Steuer übernehmen will. Das empfindet er wie einen Schlag ins Gesicht, vor Empörung kann er sich gar nicht mehr einkriegen. Ich beruhige ihn mit Keksen und einer Tasse Tee aus der Thermosflasche. Das war auch ein Muntermacher für ihn, denn nun fährt er konzentrierter und ich, hinter ihm sitzend, drücke vor jedem Stück überschwemmter Straße seine Schulter. Auf diese Weise kommen wir gut voran.

Mein Chevrolet-Taxi am Bolanpass

Nach Sibi scheint unser Chevrolet das einzige Fahrzeug zu sein, das noch über den Bolanpass fährt. Die Straße ist vollkommen leer, vielleicht weil Feiertag ist, vielleicht wegen der Sperrstunde, vielleicht wegen des Wetters. In der Schlucht hat ein Wolkenbruch Erdrutsche und Steinschlag verursacht, deshalb muss wieder öfter angehalten werden, damit der *Cleaner* das herabgefallene Geröll zur Seite räumen kann. Mir wird bange, bei diesem Wetter in dieser unwirtlichen Gegend zu so später Stunde noch unterwegs zu sein. Von Rebellen gekidnappt zu werden, was hier in der Nähe des Marri- und Bugti-Stammesgebietes die Gefahr sein soll, schreckt mich überhaupt nicht. Doch hier hängen zu bleiben, fürchte ich. Als später ein großer Felsbrocken alles blockiert, kommen zum Glück aus der Gegenrichtung zwei LKWs, und gemeinsam gelingt es den Männern auch dieses Verkehrshindernis irgendwie zur Seite zu schieben. Der nächste Stop ist kein Hindernis mehr, sondern der Checkpoint am Bolanpass. Auf das Hupen kommt gemächlich jemand aus der Hütte gelaufen, der Fahrer schreit *„Germany, Television, Bhutto, Quetta"*, ich fuchtle mit dem Pass herum, und der Schlagbalken wird geöffnet. Auf der Nordseite hört es zu regnen auf, nach neunstündiger Fahrt sind wir um zehn Uhr abends in Quetta. Der Fahrer bekommt zum Fahrpreis noch das so oft während der Fahrt lautstark reklamierte Bakschisch, beide verabschieden sich mit vielen *Salams* und werden diese Fahrt nicht so bald vergessen.

Frederick ist mürrisch. Auf meine Frage, ob er den festlichen Umzug zum Geburtstag des Propheten gefilmt hätte, sagt er, es sei alles sooo gut gelaufen, während ich mich in Islamabad vergnügt hätte. Was heißt vergnügt? Wenn er nicht glauben will, dass das endgültige Aus bevorstand und wir morgen nur dank meiner Bemühungen weitermachen dürfen, ist das seine Sache.

Ehe ich ihn engagierte, habe ich mir einige seiner Kurzfilme angesehen. Die waren gut, er arbeitet auch konzentriert, ich bin mit ihm zufrieden. Genau wie Jens, war er noch nie östlich des Bosporus. Doch während Jens hier alles mit Interesse und Humor betrachtet, hat Frederick für dieses Land kein Verständnis. Er sieht nur das Primitive, das Rückständige, betrachtet alles mit dreister Überheblichkeit, ich habe den Eindruck, er verachtet dieses Land, das ihm so fremd ist. Am meisten faszinieren ihn die verkrüppelten Bettler, über die er am liebsten einen Film machen würde.

Durch die Wüsten

Um sieben Uhr früh holt uns ein Regierungsfahrzeug, in dem acht Personen Platz hätten, ab. Auf dieser langen Fahrt durch leeres Land, durch Sand- und Steinwüsten, kann ich mich kaum mehr wachhalten. Ich bin so erschöpft von den Aufregungen der letzten Tage, dass ich im Auto immer wieder einnicke. Deshalb bitte ich Jens mich zu wecken, falls es etwas unvorhergesehen Interessantes zu filmen gäbe. Wie lange ich geschlafen habe, weiß ich nicht.

Wüste nach Starkregen

Straße von Quetta nach Zahedan

Als er mich stupst, glaube ich, noch zu träumen. Ich sehe keine Wüste mehr, sondern eine Lagunenlandschaft. Hier, in der trockensten Gegend Belutschistans, in der es oft jahrelang kaum einen Tropfen regnet, war anscheinend das Zentrum des gestrigen Unwetters. Diese wasserfallartigen Regengüsse, deren Vorboten ich am Bolanpass erlebte, haben die Schienen der neben der Straße verlaufenden einspurigen Bahnlinie zur iranischen Grenze nach Zahedan total unterschwemmt. Sie hängen in der Luft. Auch die auf einer leichten Böschung verlaufende Straße ist zum Teil zerstört. Einige aus der Gegenrichtung kommende LKWs hängen so schief im Gelände, dass sie jeden Moment umzufallen scheinen. Manche haben als Ladung einen riesigen Brocken dieses Onyxgesteins.

Die Fahrer und *Cleaner* dieser so schön bemalten LKWs laufen mit aufgekrempelten Pluderhosen hin und her, ziehen an Stricken, mit denen sie die schräg stehenden Laster aufrichten wollen – eine Sisyphusarbeit. Weniger umsturzgefährdete Fahrzeuge versuchen sich gegenseitig herauszuziehen.

Die Sonne scheint, die Wüste steht unter Wasser, die Fahrzeuge auf dieser Straße sind in dekorativer Bedrängnis. Für unseren Film ist diese Situation ein Glücksfall. Jeder Kameramann würde so ein unvorhergesehenes Naturereignis mit Freude filmen. Nicht so Frederick. Frech sagt er „Frau Regisseurin, die Wüste sollte doch so gefilmt werden, dass man die Hitze sieht, wie eine Fata Morgana, was soll ich denn hier aufnehmen?" Er möchte jede Einstellung angesagt haben, obwohl hier so Dramatisches abläuft, dass ein guter Kameramann keine detaillierten Regieanweisungen braucht. Wehe, wenn ich es gewagt hätte, ihm bisher dreinzureden. Ich empfinde sein Gehabe wie ein Aufbegehren gegen mich, gegen die Filmarbeit, gegen das Land, das ihm so fremd ist. Jens schüttelt nur den Kopf.

Und ich führe Regie, was bei einem Dokumentarfilm dieser Art nicht notwendig wäre. Jeden Schwenk will er angesagt haben, von links nach rechts oder von rechts nach links? Soll ich dieses Objektiv nehmen oder jenes? Er weiß genau, dass ich technisch unbegabt bin. Ich kann meine Wünsche vermitteln, jedoch nicht entscheiden, mit welchem Objektiv gedreht werden soll, das ist Sache des Kameramannes.

Im *Nullah,* so nennt man das normalerweise ausgetrocknete Bachbett, rauscht und gurgelt das Wasser. Alle Nomaden haben die Angewohnheit, in der Wüste in den *Nullahs* zu campen, denn dort finden ihre Tiere an Sträuchern noch etwas zum Knabbern und die Wasserlöcher sind gleich in der Nähe. Doch bei einem plötzlichen Unwetter wie diesem hier, können *Nullahs* zu Todesfallen werden. Die Nomaden wissen das und riskieren es trotzdem immer wieder, aus Bequemlichkeit. Zum Glück werden hier keine Gegenstände vorbeigeschwemmt, die auf einen derartigen Unglücksfall schließen lassen. In der Sahara sollen mehr Menschen in den *Wadis,* wie man dort die *Nullahs* nennt, ertrunken als verdurstet sein.

Es dauert lange bis die Straße soweit geräumt ist, dass wir weiterfahren können. Bei Dunkelheit erreichen wir den kleinen Wüstenort Nushki. Wir übernachten in einem einfachen Gästehaus, auf *Charpois*, in unseren Schlafsäcken. Ehe wir uns zurückziehen will ich eine Aussprache. Ich bitte Jens und Frederick in mein Zimmer und erkläre, dass ich so nicht weiterarbeiten kann, dass Frederick mit seinem Spiel „Dienst nach Vorschrift" aufhören soll. Ich möchte eine kameradschaftliche und gute Zusammenarbeit, dafür wird er bezahlt. Denn das Gelingen dieses Filmes ist für mich lebenswichtig, nicht nur wegen der Bankgarantie. Es ist schon ein Wunder, dass wir außerhalb von Quetta filmen dürfen. Wenn er Probleme hat, mit einer Frau zusammenzuarbeiten, so würde ich ihm danach einen Psychiater bezahlen. Und dann, allein in meinem Zimmer, heule ich mich in den Schlaf.

Am nächsten Tag fahren wir weiter nach Dalbandin. Dschinghis Khan, der Cousin des steinreichen Sardars Zehri, hat angeordnet, dass wir von dort mit einem Firmenfahrzeug zum Onyxabbau gebracht werden. Er erzählte mir damals in Quetta auch die eigenartigsten Geschichten, bei denen ich an den Film *Der Pate* denken musste. Denn die amerikanische Mafia wollte sich einen Anteil von fünfundzwanzig Prozent des Amerikageschäftes erzwingen. Da seien einmal drei eigenartige Typen nach Karachi gekommen und wollten die Zehris erpressen, doch die ließen sich als echte Belutschen nicht einschüchtern und sagten nein. Deshalb wurde ihnen eine Lektion erteilt: Als die nächste Schiffsladung mit dem wertvollen Onyxmarmor in den USA gelöscht werden sollte, ließ der Kran beim Abladen einen mehrere Tonnen schweren Onyx nach dem anderen fallen, bis nur mehr wertlose Brocken am Boden lagen. Seither verkaufen sie nichts mehr dorthin. Die Hauptabnehmer sind jetzt Italien und Japan, auch China zeigt sich interessiert.

Dchinghis Khan erzählte uns auch, dass er jedes Jahr im Sommer mit Sardar Zehri und dessen männlichen Verwandten nach Europa fliegt. Dort vergnügen sie sich dann zwei oder drei Monate lang, kaufen einen Lamborghini oder einen Mercedes 280, fahren mit einer Zollnummer zurück nach Pakistan, sparen sich so dreihundert Prozent Zoll. Nach einem Jahr wird der Wagen mit einem Riesenprofit verkauft. Heuer wollen sie einen Mercedes 480 kaufen, da sie im Vorjahr auf der Fahrt von

Deutschland nach Pakistan einmal (!) überholt wurden.

Beim Ortsvorsteher in Dalbandin sind wir zum Tee eingeladen. Da sitzen auch ein paar würdig aussehende Belutschen mit schneeweißen Turbanen, die ihre Adlergesichter vorteilhaft unterstreichen. Sie sind neugierig, denn höchst selten kommen hier Ausländer vorbei. Sicher haben die älteren dieser Männer noch mit der Kolonialverwaltung zu tun gehabt, die Briten zogen ja erst 1947, also vor 29 Jahren, ab. Sie haben zwar die Sprache der Kolonialherren übernommen, nicht aber die Sitten, denn sie wollen sich nur mit Jens und Frederick, die beide schlecht Englisch sprechen, unterhalten. Ich bin für alle Luft, man verhält sich so, als ob es mich nicht gäbe, vermeidet auch jeden Blickkontakt. Ich weiß, dass es hier zum guten Ton gehört, Frauen nicht zu beachten, doch mir ist das unangenehm. Deshalb bitte ich unseren C. O. – ein Typ, der Frauen auch gerne in ihre Rolle zurückweist – mich als Leiterin des Filmteams vorzustellen, was er anfangs nicht für nötig hielt. Diese Belutschen sollen zumindest sehen, dass eine europäische Frau gleichberechtigt ist. Zum Abschied bekommt Jens klammheimlich, damit unser Aufpasser nichts davon bemerkt, von einem eine Flasche Whisky zugesteckt. Das ist ein unglaubliches Geschenk in einem Land, in dem Alkohol verboten und so etwas teure Schmuggelware ist. Als ich belustigt schmunzle, sagt dieser Mann plötzlich auch zu mir „ *have a nice time*".

Die Onyxfundstätten sind im Niemandsland nahe der Grenze zu Afghanistan. Wir fahren mit dem von Dschinghis Khan zur Verfügung gestellten Laster durch eine flache Steinwüste – am verschwommenen Horizont ein paar Hügel, nirgends ein Halm Gras. Da gibt es ein treffendes Zitat eines arabischen Kundschafters, der dieses Land vor Jahrhunderten beschrieben hat und das ich im Filmtext verwenden will: „Steinig sind die Ebenen, faulig ist das Wasser und die Früchte haben einen schlechten Geschmack. Gutes ist selten. In allem steckt das Böse. Eine kleine Armee würde hier vernichtet, eine große jedoch verhungern".

Deshalb bitte ich den Fahrer anzuhalten, und Frederick die Kamera auszupacken. Es ist die ideale Gegend, um diese Ödnis, diese Unfruchtbarkeit darzustellen. Hier steht ein verfallener Brunnen, aus dem ein schräger Balken zum Himmel ragt, an dem noch ein zerfranstes Stück Seil hängt. Dahinter diese flache schwarze Steinwüste – das wird die perfekte Einstellung zum obigen Zitat. Er macht es gut. Nach dieser Standpauke vom Vorabend ist die Stimmung wieder quasi normal.

Bei den Onyxlagerstätten stehen nur zwei Lehmhütten. In einer wohnt ein Italiener aus Cortina, bedient von einem Jungen, der Wasser holt und kocht. Jens und Frederick legen sich nach der Begrüßung sofort der Länge nach auf die Charpois, sie sind erschöpft. Ich auch. Doch einer muss das Abladen des Gepäcks überwachen, mit unserem Gastgeber ein paar freundliche Worte sprechen, ihm erklären, was wir hier wollen. Kurzum, ich mache die Honneurs auf Italienisch, was ich ganz gut beherrsche. Und er ist glücklich, in seiner Heimatsprache reden zu können. Da Italien zu den Hauptabnehmern von Onyx aus Belutschistan gehört, überwacht und leitet dieser Bergbaufachmann hier den Abbau.

Onyxfunde nahe der afghanischen Grenze

Er erzählt, dass Onyx auch im Iran und der Türkei abgebaut wird, doch je weiter die Lagerstätten vom Eruptionszentrum entfernt sind, umso minderer sei die Qualität. Und der Onyx aus Belutschistan wäre absolut einmalig. Die gleichwertigen Onyxvorkommen auf der anderen Seite der Grenze, in Afghanistan, seien nie genützt worden, denn sie waren bis vor kurzem im Privatbesitz des Königs. Erst seit dem Machtwechsel versucht dessen Nachfolger Daud diesen wertvollen Marmor zu

Geld zu machen. Doch da sich das Fundgebiet in der Dascht-i-Margoo (Todeswüste) befindet, und es dort keine Straßen, kein Wasser und keine Elektrizität gäbe, sei das alles höchst problematisch.

Onyxabbau von Hand

Ich erfahre noch, dass dunkelgrüner Onyx der gefragteste sei, dann käme der hellgrüne und zum Schluss der mehrfarbige. Allein die Zehri Mine würde, wäre sie in Europa gelegen, ein Land von der Größe der Lombardei reich machen, sagt der italienische Fachmann.

Mir persönlich gefällt der *multicoulored* Onyx am besten. Dessen dunkelrot-violette Grundkonsistenz ist von feinen blassgrünen und ockergelben Streifen durchzogen. Dieser Onyx ist eine faserige

Varietät von Chalcedon, eine Art Marmor, der zu Tischen und großen Platten verarbeitet wird. Vor allem geschliffen und poliert wirkt dieser Stein wie abstrakte Kunst.

Diese Onyxlagerstätte erinnert mich an den Granitabbau auf der Insel Elba. Genau wie dort setzen die Arbeiter ihre Meißel per Hand an die richtige Stelle, schlagen alle zehn oder zwanzig Zentimeter in die gewünschte Bruchstelle ein Loch bis ein riesiger Steinbrocken abbricht. Der wird dann mittels eines Krans auf den LKW gehoben.

Auf dem Weg zurück nach Dalbandin bemerkt Frederick, dass er seine Tasche vergessen hat. Da es noch früh am Morgen und nicht zu heiß ist, steigen Jens und ich aus. Lieber spielen wir mitten in der Wüste mit verschiedenfarbigen Steinchen Mühle, als diese unangenehme Fahrt in der engen Kabine nochmal mitzumachen.

Auf der Weiterfahrt nach Nushki durch völlig leeres Land begegnen wir ein paar Nomaden, die mit Zelt, Kindern und Schafen unterwegs sind, um in irgendwelchen Nullahs nach diesem ungewohnten Regen sprießendes Gras zu finden. Sie lassen sich gern filmen und die Kinder freuen sich über ein paar Orangen.

Am Nachmittag kommen wir an einer Salzwüste vorbei. Die ist besonders fotogen im gleißenden späten Nachmittagslicht. Als einzige Lebewesen weit und breit knabbern zwei schön behörnte Ziegenböcke an trockenen Grasbüscheln in der Nähe eines Felsens. Der Himmel ist am Horizont dunkelgrau und darüber schwefelgelb, wer weiß, was sich da zusammenbraut, entfernt grollt schon der Donner. Diese Gegend ist berüchtigt wegen ihrer Staubstürme, erzählt uns der Fahrer. Die sollen mit solcher Intensität auftreten, dass der Tag dann für ein bis zwei Stunden total verdunkelt wird.

Salzwüste

In Nushki übernachten wir wieder. Dort sollte nur das Teppichzentrum gefilmt werden, in dem sich Mädchen neuerdings mit ihrer Arbeit etwas Geld verdienen dürfen. Doch man möchte uns mehr bieten. Auf einer halbwegs begrünten Wiese tanzen Männer zu Trommeln, ähnlich denen, die Jens schon in Sibi bei der *horse and cattle show* gefilmt hat. Deshalb nimmt Frederick das „filmsparend" mit einer leeren Kassette auf.

Teppichknüpferei

Wie in einer Handarbeitsschule knüpfen im Teppichzentrum etwa zwölf- bis fünfzehnjährige Mädchen Teppiche, die einem Afghan oder einem Buchara ähneln. Sie sind die ersten weiblichen Wesen, die wir in diesem Land filmen können. Im Hof davor sitzen ein paar Frauen, die wunderschöne Spiegelstickereien verfertigen. Die Tradition, Spiegel in die Stickereien einzuarbeiten, geht auf die verbreitete Angst vor dem bösen Blick zurück. Diese Spiegel sollen böse Geister abwehren, der Teufel soll erschrecken, wenn er sich im Spiegel sieht. Davon kaufe ich gleich zehn Stück, als Mitbringsel für Verwandte und Bekannte.

Die lange Rückreise führt uns durch völlig unbewohntes Gebiet nach Mastung, einer Ortschaft inmitten blühender Mandelbäume. Hier sehen wir erstmalig die interessante Stammesarchitektur. Da steht ein riesiger Lehmbau, der mit seinen dreieckigen Dachverzierungen einer Festung gleicht. Dort ist eine kleine Moschee, deren Silhouette durch türkisglasierte Fayencen unterstrichen wird und die Lehmmauern sind mit kunstvollen, wulstähnlichen Abschlüssen verschönert. Dieser Ort floriert durch das Khareezsystem, das in trockenen, regenarmen Gegenden noch Landwirtschaft möglich macht. Vor der Moschee befindet sich der Teich, in den das Wasser dieses unterirdischen Kanals mündet, dessen maulwurfartige Auswurfschächte wir schon vom Flugzeug aus gesehen haben. Das Wasser wird nach genauen Zeitein-

Sammelbecken des unterirdisch verlaufenden
Khareezwassers

Stammesarchitektur in Mastung

Auf Stoff gemaltes Warenangebot

Moschee in Mastung

Was ist da drin?

heiten verteilt, beziehungsweise verkauft. Eine solche Einheit ist zum Beispiel der Wasserfluss vom Morgengesang der Nachtigall bis zum Ruf des Muezzins zum Abendgebet.

Alle Wohnhäuser sind von Mauern aus getrockneten Lehmziegeln sichtschützend umgeben. Muntere, neugierige Kinder kommen mit Kamelen vorbei, Frauen waschen am Bach ihre Wäsche, während die Männer vor weiter entfernt gelegenen Tschaikhanas herumsitzen, Kampfvögel begutachten und diskutieren.

Eine dieser Tschaikhanas hat mich besonders beeindruckt. Sie ist modern mit Tischen und Stühlen ausgestattet, ihre Wände sind spiegelverkleidet und diese Spiegel hat man mit „kühlen" Bildern bemalt: Im Vordergrund ist immer ein See, dann ein Moghulgarten mit Zypressen, dahinter ein Palast und als Abschluss ein schneebedeckter Berg. So wie in nördlicheren Breiten Palmen und Sandwüsten ein heißes Klima symbolisieren, so sehnt man sich hier, wo man unter Hitze leidet, nach Bildern mit Wasser und Schnee.

In unserem Standquartier in Quetta erwartet mich ein trauriger Anblick. Auf dem Hügel der Kohlenschlacke liegen die Hundebabys, die vor der Abreise noch so gierig an den Zitzen ihrer Mutter saugten, mit aufgeblähten Bäuchen tot da.

Nationalfeiertag

Militärparade

Um die Macht der Zentralregierung zu manifestieren, findet in Quetta eine Militärparade statt, denn das Militär ist immer noch der Garant für den Zusammenhalt Pakistans. Unser C. O. ist strikt dagegen, dass wir diese Parade filmen, es soll ja kein Film über die politische Lage in Pakistan werden. Doch ich lasse mir nicht mehr dreinreden, *I gave him the tough line*, wie man hier so schön sagt, denn Quetta gehört zu den *open areas,* und deshalb sehe ich keinen Grund uns das entgehen zu lassen.

Es ist wieder trübes Wetter, in der Nacht hat es geregnet und jetzt nieselt es, doch die Parade findet statt. Der Khan von Kalat, dieser 83-jährige Gouverneur, steht klein und dickbäuchig auf der Tribüne und grüßt die Vorbeikommenden. Viele Regimenter marschieren im Paradeschritt vorbei, manche laufen, dazwischen spielen diese Militärbands mit dem Dudelsack – ein farbenfrohes Spektakel ohne Panzer oder Raketen.

Gouverneur von Belutschistan

Auf der Ehrentribüne sitzen Generäle und Politiker, auch Mr. Raisani, der mir von Raja Tridiv Roy genannt wurde, falls ich Schwierigkeiten hätte. Und die habe ich. Vielleicht könnte dieser Mann mir helfen, dass wir ins Stammesgebiet, zum Beispiel nach Dera Bugti, geflogen werden, oder einen Hubschrauber besorgen, von dem die maulwurfartigen Auswurfschächte der unterirdisch verlaufenden Khareeze gefilmt werden könnten.

So fasse ich einen Spontanentschluss. Ohne Jens, Frederick oder unseren Aufpasser zu informieren – dazu ist keine Zeit – begebe ich mich am Ende der Parade zur Zuschauertribüne, suche nach Mr. Raisani und erkläre ihm kurz, dass ich ihn privat sprechen möchte, Raja Tridiv Roy hätte mir geraten, mich an ihn zu wenden. Sofort nimmt er mich in seinem Jeep mit zu sich nach Hause zum Mittagessen.

Raisani, ein gutaussehender, großgewachsener Mann, gleicht eher einem eleganten Europäer als einem Nachfahren der Urbevölkerung Indiens. Doch er ist Brahui und die um Kalat lebenden Brahuis gehören laut anthropologischen Studien zu den Resten der dravidischen Volksgruppen, die eine dravidische Sprache sprechen und vor Jahrtausenden von den nachfolgenden Ariern hauptsächlich nach Südindien abgedrängt worden sind.

Apropos Arier: Dieses Wort hat bei uns noch den unangenehmen Beigeschmack der Nazizeit. Es sind aber Menschen aus dem Iran, Afghanistan, Pakistan und Indien, mit indo-iranischen Sprachwurzeln. Der Begriff stammt aus dem Sanskrit und bedeutet „gut" oder „edel".

Mit den von ihnen nach Südindien abgedrängten Draviden – den Todas – kam ich vor einigen Jahren in den Nilgiri hills, in der Nähe von Ootacamund, in Kontakt, als wir den Film „Hautnah mit Dickhäutern" machten. Sie waren die besten Elefantenführer. Unter ihrer Anleitung zogen die gezähmten Arbeitselefanten die geschlagenen Teakholzstämme vom Wald zum nahen Güterzug und hoben sie dann mithilfe ihres kräftigen Rüssels auf die Waggons. Diese Menschen, die auch zur dravidischen Sprachgruppe gehören, lebten in tonnenähnlichen Lehmbauten im Dschungel, kochten aus ihrem Eigenanbau den würzigsten und besten Kaffee, den ich je getrunken habe.

Aber zurück zu Raisani, dem Draviden aus Belutschistan. Während der Fahrt trage ich meine Wünsche die Flugaufnahmen betreffend vor. Er kann da leider wenig tun, sagt er, wegen der kommenden Parteitagskonvention seien alle Hubschrauber im Einsatz, und das größte Problem wäre unser Sicherheitsmann, der C. O.

In seinem Konferenzraum wird mir Tee serviert, es kommen immer mehr Leute an und Raisani, der inzwischen seine Uniform mit der viel bequemeren Shalwar Khameez, vertauscht hat, sitzt wie ein Herrscher auf dem Thron vor all diesen Bittstellern. Jeder nähert sich ehrerbietig, sucht seinen Rat, die meisten bleiben noch im Raum hocken, nachdem sie eine Antwort erhalten haben. Wahrscheinlich ist er der ranghöchste Brahui in Belutschistan. Ich sitze wie eine Ehrendame an seiner Seite. Statt eines Zepters hält er eine Fliegenklatsche in der Hand. *„I can't stand those flies"* sagt er, und wenn sich eine auf mein Knie setzt, wartet er mit angehaltenem Atem, bis sie wieder wegfliegt, damit er danach klatschen kann. Sobald ich etwas sagen will, wird mir der Mund buchstäblich mit Süßigkeiten vollgestopft. Nun kniet wieder ein Bittsteller vor ihm, zeigt ein Buch vor, in das wahrscheinlich die Haushaltsausgaben eingetragen sind, denn er bekommt nach einigem Palaver etwas Geld. Wenn das der *Chokkedar* ist und jetzt erst Hühner kaufen geht, wird es lang dauern, das späte Mittagessen womöglich ein Abendessen werden.

Raisani schlägt vor, seiner jungen Frau, die ihm Zwillinge geboren hat, einen Besuch abzustatten. *„She isn't actually living in Purdah"*, sagt er und bedeutet einem Diener, mich zur Memsahib zu bringen. Die liegt in einem verdunkelten Zimmer auf einem Doppelbett, liest Readers Digest, ist von einer schläfrigen Schönheit. Die Zwillinge werden von einer Ayah versorgt. Obwohl sie kein unterdrückter Typ zu sein scheint, möchte ich wissen, ob sie nun in Purdah leben muss oder nicht. Verneinend schüttelt sie ihren Lockenkopf und erklärt, dass nur der Konferenzraum für sie tabu sei.

Ich bleibe nicht zum Essen, sondern erfinde eine Entschuldigung, bin ja ohne jemanden zu benachrichtigen einfach abgehauen. Dafür gehe ich abends mit Jens und Frederick ins Baldia Restaurant, wo es eine Spezialität aus der Region gibt. *Sajji* ist ein mit Lehmerde bedecktes und stundenlang über Holzkohle gegartes Lamm, das so gut schmeckt, dass mir jetzt beim Schreiben noch das Wasser im Mund zusammenläuft.

Wir fliegen wieder nach Karachi, um die Aufnahmen vom Arabischen Meer zu machen, die ich für den Film unbedingt brauche. Omars Freund, der uns bei der komischen *floor show* im Interconti versprochen hatte die Verbindung zur Fischereiflotte herzustellen, hat sein Wort gehalten. Ein *trawler,* ein Schleppnetzfischerboot, ist bereit Jens und Frederick mitzunehmen, die dazu nötige Genehmigung der Hafenbehörde hat mir Mr. Idschas von der Provinzregierung Belutschistans verschafft, der zufällig im selben Flugzeug war. „Einen Kuss auf die Wange muss Ihnen diese Erlaubnis schon wert sein!", meint er dann neckisch.

Da ich nicht seefest bin, mir bei der geringsten Schaukelbewegung schon schlecht wird, bleibe ich zurück. Anscheinend hat Frederick das Arabische Meer auch nicht vertragen, denn nun liegt er mit einer Magenverstimmung im Bett, erzählt aber, dass er trotz unruhiger See tolle Aufnahmen vom bewegten Meer und den Fischern machen konnte, die riesige Netze prallvoll mit Fischen herauszogen. Jens holt vom Filminstitut Musikaufnahmen ab und ich besorge die Tickets für den Flug nach Panjgur, eine Oasenstadt in Westbelutschistan.

Wie schade, dass ich auch nicht nach Panjgur mitfliegen kann! Aber ich muss hier in Karachi wieder von Pontius zu Pilatus rennen, um den Rest der Reise zu organisieren. Ich habe nie geahnt, dass Bürokratie und Organisation so zeitraubend sein können. Bei den früheren Filmreisen hatten wir auch Schwierigkeiten zu überwinden, aber wir waren zu viert und jetzt sind wir nur zu dritt.

Panjgur und Alexander d. Große

Panj heißt fünf und gur steht für Gräber. Dieser am Fluss Bampur gelegene Ort ist nicht nur bekannt wegen seiner Datteloasen. Im Herbst 325 v. Chr. hat sich Alexander der Große mit seinem Heer auf dem Rückzug einige Wochen in Panjgur – damals hieß es Pura –aufgehalten. Hier ist er noch als Iskander bekannt, und es geht das Gerücht um, dass dort noch ein Schatz von ihm vergraben sei.

Während meiner Rekonvaleszenz nach dem Unterschenkelbruch und der Verschiebung des Films aufs nächste Jahr, hatte ich genug Zeit alles, was ich über Belutschistan finden konnte, zu lesen. So auch den letzten Teil der Alexander-Trilogie von Roger Peyrefitte. Der Rückzug Alexanders d. Gr. durch Belutschistan ist in diesem historischen, angeblich bis in die Einzelheiten belegten Bestseller so spannend beschrieben, dass ich einzelne gekürzte Auszüge von dieser schlimmsten Strecke seines gesamten Feldzugs hier einfüge:

………… „Im Sommer 325 v. Chr. war Alexander in der Gegend von Karachi (Pattalene) am Arabischen Meer, das zum Indischen Ozean gehört. Da sich seine Soldaten geweigert hatten weiterzuziehen, beschloss er den Rückzug und teilte sein Heer in drei Teile auf. Der größte Teil zog mit Krateros den Indus flussaufwärts bis Sutiku (Sukkur), dann über den Bolanpass nach Quetta und Kandahar, einst Alexandreia von Arachosien genannt, um die dort als Besatzung zurückgelassenen Makedonen einzusammeln. Dann folgte er dem Hilmendfluss um in Karmanien (Kerman im heutigen Iran) auf Alexander zu treffen. Nearchos wurde beauftragt, sich mit einem weiteren Teil der Truppen bei Karachi (Pattalene) einzuschiffen, und an der Makranküste entlang bis zum persischen Golf zu segeln, wo er sich mit ihm dann in Harmozeia (Hormus an der gleichnamigen Meerenge) vereinen sollte. Alexander selbst machte sich am letzten Augusttag mit seinen besten Kriegern und dem Rest des Heeres auf, die riesige Wüste Gedrosiens oder Belutschistans zu durchqueren.

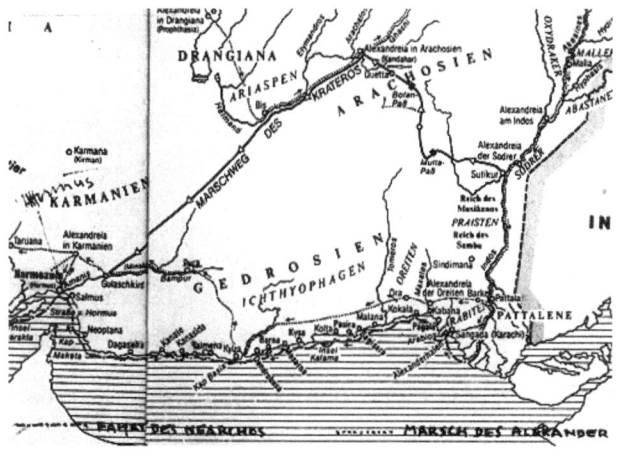

Alexander teilte sein Heer beim Rückzug in drei Teile auf

Alexander wusste, dass bei diesem Versuch schon Kyros' und Semiramis' Truppen zugrunde gegangen waren – Semiramis hatte nur zwanzig Männer,

Kyros sieben zurückgebracht – deshalb wollte er so wenig Truppen wie möglich mitnehmen. Denn je mehr ihn begleiteten, desto größer war die Gefahr, dass ein Teil unterwegs verhungerte. Aus diesem Grund hatte er nur die besten Leute behalten. Es reizte ihn, da erfolgreich zu sein, wo so große Feldherren gescheitert waren, aber das war nicht der einzige Beweggrund für dieses Unternehmen. Er wollte auch alle Provinzen seines Reiches kennenlernen.

Man hatte Alexander versichert, dass es im Herbst im Norden Niederschläge gäbe, so dass die Flüsse in der Wüste Wasser führen würden und die Wasserstellen gefüllt wären. Er hatte auch Boten nach Susa gesandt, mit dem Befehl, Karawanen mit Verpflegung nach Gedrosien zu schicken, die aber viel zu spät ankamen.

Vom Indusdelta zog Alexander westwärts zu den Arabiten, die ihm keinen Widerstand leisteten. Neun Tage später erreichte er das Land der Oreiten, eines unabhängigen Volkes, das ablehnte ihm zu huldigen und in die Wüste floh. Daraufhin ließ er diese Region im Handumdrehen durch Brandlegung, Plünderung und Massaker verwüsten. Tausende von Oreiten wurden dabei niedergemetzelt. Das Gedrosien genannte Land, zu dem man nun vorrückte, erschien zunächst vielversprechend. Es war reich an aromatischen Kräutern und Sträuchern. Diese Duftstoffe kauften schon die Phönizier ein, die sie über den Persischen Golf verschifften. Wenn Alexander einen Brunnen graben ließ, fand man noch Trinkwasser in ausreichender

Menge, und Hasen, die sich in Dornbüschen ver-
fangen hatten, mussten nicht erst gejagt werden,
ehe sie in den Kochtopf wanderten. Daneben gab
es Früchte von Kaktusfeigen, die man mit Öl über-
gossen aß.

Bald darauf erreichte der Heerzug die Wüste, die
sich bis an den Horizont erstreckte. Hier gab es
keine Früchte, keine Wohlgerüche und keine Hasen mehr. Vergebens suchten die Brunnenbauer
nach Wasser. Dieser Teil Gedrosiens hieß in der
Landessprache Makran. Hier lebten die Fischesser
oder Ichthyophagen, die sich nur von Fischen er-
nährten. Sie kannten keine andere Nahrung. Zum
Fischen benutzten sie Netze aus Palmfasern, ab
und zu wurden vom Meer Wale und Thunfische an
ihren Strand geworfen. Alexanders Krieger sahen
hier zum ersten Mal diese von Poseidon geschaffe-
nen Meeresriesen. Aus den flachen Knochen der
Wale bauten die besser gestellten Ichthyophagen
ihre Unterkünfte. Die Haut der Wale verwendeten
sie für das Dach. Die Ärmeren wohnten in Hütten
aus Austernschalen und zusammengefügten Fisch-
gräten. Diese Menschen ließen ihre Nägel von Ge-
burt an wachsen und ihre einzige Kleidung war ihr
Haar. Ihre langen Fingernägel benutzten sie zum
Enthäuten der Fische, Zerkleinern von Reisig und
zum Ausscharren von Sandgruben, in denen sich
Brackwasser sammelte, das sie tranken. Die über-
schüssigen Fische wurden auf dem Sand getrocknet und zu Fischmehl zerstampft. Dieses Fischmehl verwendeten sie auch zum Brotbacken. Da
ihnen der Gebrauch des Feuers noch unbekannt
war, garten sie das Brot und die übrigen Speisen

mithilfe der Sonnenstrahlen. Die wenigen Schafe die sie hielten, fanden weit und breit keinen Halm Gras, fraßen ausschließlich Fisch, und das Fleisch dieser Tiere schmeckte dementsprechend.

Inzwischen begann die Trinkwasser- und Lebensmittelknappheit Alexander Sorge zu machen. Anfang Oktober war noch kein einziger Tropfen Niederschlag gefallen. Der Zustand des Heeres wurde allmählich kritisch. Die kranken Pferde kamen kaum noch voran. In der Wüste war die Hitze tagsüber unerträglich, deshalb marschierte man nachts. Die Fouriere waren genauso erfolglos wie die Brunnenbauer. Sie hatten gehofft, Karawanen zu begegnen, hatten aber nicht einmal von weitem eine gesehen. Es gab kein Getreide mehr, die Krieger aßen die Triebe von Tamarisken und Palmwurzeln. Aber bald gab es auch diese nicht mehr. Je tiefer sie in die Wüste eindrangen, umso größer wurden die Leiden. Alexander bemühte sich, eine frohe und entschlossene Miene zu zeigen, um der Niedergeschlagenheit seiner Truppe entgegenzuwirken.

Die Lage wurde von Tag zu Tag ernster. Der König ließ zunächst alle zahmen Eber, Tiger, Panther und Löwen und danach fast alle Tragtiere töten. Da man auf diese Weise nur noch wenig Gepäck transportieren konnte, verbrannte man einen Großteil des Beutegutes. Man wühlte nach Sandfischen, fing Eidechsen, Warane, Schlangen, Skorpione, Heuschrecken und Grillen. Anaxarchos verspeiste einige Wacholderbeeren mit zerdrückten Fliegen.

Trotz aller Bemühungen zu überleben, starben Krieger und *camp follower* massenhaft. Viele sanken im glühend heißen Sand ein und konnten sich aus dieser tödlichen Falle nicht mehr befreien. Andere, erschöpft von den Strapazen, blieben einfach liegen, und der Wind deckte sie allmählich mit Sand zu, wie mit einem Leichentuch. Wieder andere, die eingeschlafen waren, sahen beim Erwachen niemanden mehr und suchten verzweifelt die Spuren ihrer Kameraden, doch ohne Erfolg. Man musste noch mit Pfeilen die wenigen zahmen Raubtiere erschießen, die übriggeblieben waren. Denn vom Hunger wild geworden, überfielen sie die Sterbenden und fraßen die Toten. Bald traten im Heer die ersten Leprafälle auf, Folge der fehlenden Hygiene und der ungesunden Nahrung. Die Wunden entzündeten sich; durch Insektenstiche und Parasiten stieg die Zahl der Kranken auf ein Vielfaches. Nicht die Cholera brach aus, sondern die Ruhr. Die meisten Heilmittel waren unwirksam. Am hilfreichsten war noch die Lakritze, deren Vorräte nur für Alexander und seinen Freundeskreis reichten.

Am meisten erschütterte den König, dass niemand Halt machte, um den Kranken und Verwundeten beizustehen oder zumindest durch eine Geste Anteilnahme zu bezeugen. Die Gesunden glaubten, allein durch einen beschleunigten Marsch ihr Leben zu retten. Diejenigen, die am Ende ihrer Kräfte waren, baten die Vorübergehenden, Verwandten und Freunde vergeblich, ihnen zu helfen.

So, als hätten die Götter tatsächlich die geheimen Gebete des Königs erhört, fiel eines Nachts, als man in der Nähe eines von Tamarisken gesäumten ausgetrockneten Wildbachs rastete, ein heftiger Regen. Das Bachbett füllte sich plötzlich und der Bach trat brausend über die Ufer, so dass Frauen, Kinder, Krieger und ein Teil von Alexanders Waffen mitgerissen wurden. Einige der Krieger tranken sich so voll, dass sie platzten, andere ertranken, weil sie sich ins Wasser geworfen hatten, um ihren Durst besser zu stillen. Pferde, Kamele und Maultiere hatten sich gleichzeitig mit den Menschen hineingestürzt. Die Ruhr verschlimmerte sich durch das lehmige Wasser, von dem viele getrunken hatten.

Schon konnte Alexander diejenigen nicht mehr zählen, die Opfer seines Ehrgeizes geworden waren, und er konnte sich den Vorwurf nicht ersparen, das Schicksal herausgefordert zu haben, als er beschloss, durch die Wüste zu marschieren, die schon ganze Heere verschlungen hatte. Doch eine tiefere Einsicht verringerte seine Gewissensbisse. Er sagte sich, dass die Menschen ja ohnehin nur Verdauungsapparate seien, veredelt durch eine unsterbliche Seele, und dass die Dauer ihres Verweilens auf der Erde nicht mehr sei als *„eines Schattens Traum"*, wie Pindar es ausdrückte. Er tat alles, was in seiner Macht stand, um den Lebenswillen der übrigen zu stärken und rief die Überlebenden auf durchzuhalten, damit sie, die die ganze Welt besiegt hatten, nun auch die Wüste besiegten.

Philip von Akarnanien fand auf einer Felskuppe Tragant, dessen Wurzel ein hervorragendes Mittel gegen die Ruhr war. Einen Tag, nachdem man den Kranken diese Arznei gegeben hatte, hörte die Epidemie auf.

Ein Sandsturm erhob sich und verwehte die Pisten. Die Führer wussten nicht mehr weiter. Er hatte mit solcher Heftigkeit eingesetzt, dass das Heer außerstande war, weiterzumarschieren. Obwohl helllichter Tag war, herrschte Dämmerlicht und die Tiere und Kinder schrien vor Angst.

Alexander beschloss, sich zum Meer hin zu wenden, in der Hoffnung, auf weitere Siedlungen der Fischesser zu stoßen. Mit einer Reiterabteilung machte er sich auf den Weg. Die meisten seiner Begleitung kamen dabei ums Leben. Aber als er mit Hephaistos und einigen anderen das Meer erreichte, fand er zu seiner Freude am Strand ausgezeichnetes Trinkwasser. Man fing Fische, um sich wenigstens so zu ernähren wie die Ichthyophagen. Die Krieger kamen sehr bald nach und schöpften in dieser Bucht sieben Tage lang neue Kräfte. Der Umweg hatte sich gelohnt. Die Führer kannten sich wieder aus und führten das Heer geradewegs nach Norden, nach Pura, dem heutigen Panjgur, wo es alles finden würde, was es wünsche. Das Heer erreichte die Hauptstadt Gedrosiens genau sechzig Tage nach dem Abmarsch vom Indusdelta. Diese Tage waren die härtesten des zehnjährigen Feldzugs. Alexander hatte nur ein Viertel der Truppen, die mit ihm vom Indusdelta aufgebrochen waren, durchgebracht, **dieser Marsch durch Belutschistan hatte ihn mehr Männer gekostet als der ganze übrige Feldzug.** Egoistischerweise konnte er sagen, dass die meisten Verluste unter den Asiaten zu verzeichnen waren.

In Pura, dem heutigen Panjgur am Fluss Bampur, fanden sie reichlich Verpflegung und legten eine mehrwöchige Pause ein. Dort erhielt Alexander auch durch Boten die ersten Nachrichten von Nearchos und Krateros. Alexander war stolz darauf, Roxanne geheiratet zu haben. Zum Glück hatte sie vor diesem schrecklichen Marsch durch Gedrosien keine Anzeichen von Schwangerschaft gezeigt. Er hatte ihre Tapferkeit bewundert, in der sie ihm durchaus ebenbürtig war. Mit ihrer Kraft, Widrigkeiten zu ertragen, war die achtzehnjährige Königin auch den Frauen des Heeres ein Vorbild gewesen. Alexander wünschte sich jetzt, dass er und sein Geliebter Hephaistos sie schwängern würden.

In einem Palmenhain nahe dem Fluss Bampur ließ er eine Bühne aufbauen um Aischylos' schöne Verse an diesem Ort erklingen zu lassen. Die Verse, die Iphigenie beschrieben, trafen ebenso auf Roxanne zu, denn wie Agamemnons Tochter verstand sie es, die Herzen aller Männer zu bewegen."........

+ + +

Frederick und Jens fliegen ohne mich nach Panjgur um diesen Palmenhain zu filmen, denn die Dattelpalme ist heute noch die wichtigste Kulturpflanze

Südwestbelutschistans. Dass das Wohlergehen dieser Menschen hier vom Ernteertrag abhängig ist, erkennt man an den fast zärtlichen Namen, die sie besonders reichtragenden Palmen geben: „Die Frau des Kriegers", „der Baum der Braut", „so groß wie eine Kuh" und „so süß, dass es im Mund zergeht". Um die Früchte im Spätherbst ernten zu können, müssen die weiblichen Dattelpalmen erst einmal künstlich befruchtet werden, das so vor sich geht: Zwei Männer besteigen eine männliche Dattelpalme, pflücken deren Samenrispen und klettern mit diesem Bündel auf eine weibliche Palme, klemmen dort die einzelnen Rispen an den Blütenständen fest. Nun können die Früchte dieser Palmen reifen, von denen der Dichter sagt, dass sie den Fuß im Wasser und den Kopf im Feuer mögen.

Sie bringen auch Aufnahmen von einer Schule mit, wo Kinder im Freien auf altorientalische Weise singend unterrichtet werden. Natürlich ist diese Art des Unterrichts nicht mehr repräsentativ. Die pakistanische Regierung tut ihr Möglichstes, das erschreckend niedrige Bildungsniveau dieser Provinz abzubauen und – wie es im offiziellen Führer so schön heißt – die Studenten tief vom Strom des Wissens trinken zu lassen.

Während die beiden in Panjgur weilten, wurde ich von Mr. Qtb vom Informationsministerium und seinem Freund Mr. Idschas von der Provinzregierung Belutschistans zum Hummeressen im Karachi Boat Club eingeladen. Das ist der schickste Klub der Stadt und da der nette Idschas keine Krawatte um hat, essen wir an der Reling statt innen, was ohnehin angenehmer ist. Qtb hat in Oxford studiert und erzählt mir, dass er den Asienkorrespondenten Hans Walter Berg gut kennt und nennt auch einige andere Deutsche, mit denen er zu tun hatte. Er bietet mir seine Hilfe an, falls ich wiederkommen würde, um mein Ersatzthema, die Geschichte des Flusses Indus, zu machen. Das wäre viel einfacher als Belutschistan, da würde ich keine Probleme mit Genehmigungen haben.

Diese beiden Männer habe ich in den vergangenen Wochen so oft mit meinen Wünschen und Beschwerden belästigt. Statt mich zum Teufel zu wünschen, ist man hilfsbereit und großzügig. Das ist Pakistan. Obwohl ich mir vorgenommen habe an diesem Abend nicht als Bittstellerin aufzutreten, erinnere ich Qtb doch an noch ausstehende Genehmigungen. *„Why do you always complain"*, fragt er, *„you have done something nobody else was allowed to do."* (Warum beschweren Sie sich immer, Sie konnten hier etwas verwirklichen, was niemandem sonst gestattet wurde). Dafür bin ich ihm auch dankbar, sage ich beschämt.

Sonmiami und Sui Gas

Da es sein könnte, dass ich im Film die Ichtyophagen ansprechen möchte, brauche ich noch Aufnahmen von der Makranküste. Ohne unseren C. O. fahren wir mit einem Taxi zum Arabischen Meer. Unterwegs haben wir köstliche gegrillte Shrimps gegessen und Milchtee mit Kardamom getrunken, um den Tag an der Sonmiami Bay zu überstehen. Wir landen bei einem endlos langen Sandstrand, an dessen Ende ein paar armselig zusammengenagelte schiefe Hütten stehen, deren Bretter von Sonne, Wind und Salz silbergrau gebleicht sind.

Fischerhütten an der Makranküste

Ihr desolater Anblick lässt mich schon an die Ichthyophagen im Bericht des Alexandermarsches denken. An dieser menschenleeren Küste warten wir auf die Rückkehr der Fischer. Frederick vertreibt sich die Zeit mit Handständen, als Zuschauer sind nur ein paar magere Hunde da, die auch auf die Fischer warten, die man schon in der Ferne erahnt. Es sind nur ein paar Holzboote mit schiefen Masten und zusammengeflickten Segeln, die sich nähern und dann mithilfe von Rundhölzern ans Ufer gezogen werden. Der eher spärliche Fang wird in Körben weggebracht. Fredericks Filmerei lassen sie stoisch über sich ergehen. Es ist knapp vor Sonnenuntergang und Zeit für das Abendgebet. Am Bug ihrer Boote verrichten einige Männer ihre Gebete, während die Sonne wie ein feuerroter Ball am Horizont versinkt.

Dieses Bild von einsamen Betern berührt mich immer wieder. Gläubige keiner anderen Religion zeigen bei ihren Gebeten so viel Demut, so viel Gottergebenheit, soviel sich dem Schicksal fügen und es annehmen. Dabei fühle mich wie ein schaulustiger Eindringling in eine fremde Welt.

Erst um zehn Uhr abends sind wir wieder in Karachi, gehen dort noch in ein Restaurant um uns ein vorzügliches *chicken tikka* einzuverleiben.

Abendgebet auf dem Schiff

Geschlafen haben wir kaum, denn schon um vier Uhr früh holt uns ein Fahrzeug von Sui-Gas zur Fahrt nach Larkhana ab. Larkhana ist auch der Wohnort des Bhutto-Clans. Wir fahren auf der westlichen Indusseite hinauf und halten unterwegs bei einem Sufischrein, dem Grab eines wundertätigen Pirs.[6] Jedoch zur Mittagszeit ist in dieser mit bunten Kacheln verkleideten Anlage wenig los. Das Feiern mit Trommeln, Tanz und Haschischrauchen beginnt erst in den kühleren Abendstunden. Bis Hyderabad – nicht zu verwechseln mit der gleichnamigen Stadt in Südindien – ist die Straße gut, dann nimmt der Fahrer eine Abkürzung auf einer einspurigen Staubstraße, da gibt es prompt eine Reifenpanne und wir sind zum Warten in der Hitze verdammt. Ziemlich spät erreichen wir Larkhana, wo man uns in einem Luxushotel mit VIP-*treatment* unterbringt.

Am nächsten Tag werden wir in die ödeste und trockenste Wüstengegend, die man sich vorstellen kann, gebracht. Hier wird unter Militärschutz eine neue Erdgasleitung von Sui nach Karachi verlegt und Frederick filmt das Zusammenlöten der umfangreichen Rohre. Sui liegt etwas nördlicher, im Stammesgebiet der gefürchteten Bugtis. Unser Fahrer erzählt uns, dass die Bugtis bei Bedarf die Wasserleitungen der Sui-Gas-Company anzapfen, sie mit Steinen so lange bearbeiten, bis sie an das

---

[6] Pir ist der Nachkomme eines Sufi-Heiligen. Diese schiitischen Gedenkstätten werden auch von Belutschen und anderen Sunniten gern besucht und tragen dazu bei, die Kluft zwischen Schiiten und Sunniten zu vermindern.

kostbare Nass kommen. In deren Stammesgebiet wurde 1952 das größte Erdgasfeld Zentralasiens entdeckt, das Pakistans Wirtschaft seither beflügelt und viele pakistanische Unternehmer in kurzer Zeit zu Multimillionären machte. Das ist auch der Grund der Unruhen und Aufstände in dieser Provinz, denn die Belutschen haben nichts von dem Reichtum unter ihrem Boden, fühlen sich ausgebeutet.

Vom deutschen Botschafter Dr. Hoffmann-Loss bekam ich den Rat Kot Diji zu besuchen. Deshalb fahren wir nun auf der östlichen Indusseite zurück. Diese Sehenswürdigkeit ist eine unglaublich große, über einen halben Kilometer lange Festung im Sindh, die 1785 von einem den Belutschen nahestehenden Talpur-Herrscher auf einem flachen Hügel erbaut worden ist. Doch alles, die Bastionen, die gewaltigen Rundtürme, die kilometerlangen Mauern mit den Schießscharten, die mit stachelförmigen Eisenspitzen bewehrten Tore, kurzum, die gesamte Festungsanlage wird dem Verfall preisgegeben. Der pakistanischen Regierung fehlt das Geld zur Restaurierung dieses architektonischen Wunders.

Das Besondere an dieser Festung ist das Baumaterial. Dazu wurden keine Steine, sondern die aus Indusschlamm gebrannten, flachen, beigefarbenen Ziegel verwendet. Diese naturbelassenen, unverputzten, meterdicken, Lehmziegelmauern passen zur Landschaft, geben dem Bau eine besondere Oberflächenstruktur, die sich mit dem Sonnenstand immer wieder verändert.

Die Tore der Festung Kot Diji sind zum Schutz gegen Angreifer mit stachelförmigen Eisenspitzen versehen.

Hier, im Zentrum der Induskultur, ist diese Lehmziegelbauweise seit Jahrtausenden gebräuchlich. Die historischen Städte Harappa und Mohenjodaro wurden vor fünftausend Jahren schon mit solchen Ziegeln erbaut. Bis zu ihrer Entdeckung 1920 und den darauffolgenden Ausgrabungsarbeiten, wurden deren Ziegel als willkommenes, kostenloses Baumaterial genützt. Noch heute läuft die Bahnlinie nach Lahore auf einem Unterbau aus Ziegeln, die 2.800 Jahre vor Chr. gebrannt worden sind.

Wir erleben dort noch den Sonnenuntergang und sind erst nach Mitternacht in Karachi. Ein anstrengender, aber unvergesslicher Tag.

Zulfikar Ali Bhutto

Der 4. April 1976 ist für Belutschistan ein beson-
derer Tag, deshalb fliegen wir wieder nach Quetta.
An diesem Sonntag kommt der pakistanische Premierminister Zulfikar Ali Bhutto in die Hauptstadt
Belutschistans, hält dort seine Parteitagsrede. Wegen dieser PPP[7]-Convention hat sich schon die
halbe Regierung von Islamabad nach Quetta bege-
ben, und Herr Naseem Ahmad, ein wichtiger Mann
vom Informationsministerium, will am Nachmittag mit mir reden.

„Was haben Sie vor?", „Warum machen Sie ausgerechnet einen Film über Belutschistan?", „Da wird
wieder ein völlig verzerrtes Bild von der Situation
vermittelt!" – mit solchen Fragen und Aussagen
werde ich bombardiert. Um ihn zu beruhigen, erzähle ich ihm, dass ich mich einverstanden erklärt
hätte, den Film vor der Sendung der Pakistanischen Botschaft in Bad Godesberg vorzuführen.
Aus Versehen sage ich Afghanische Botschaft und
korrigiere mich sofort – aber da ist er nicht mehr
zu halten. Er verhört mich wie eine Spionin. Fragen
über unsere Reiseroute, über meine früheren Auf-
enthalte hier und in Afghanistan kommen wie aus
der Pistole geschossen. Und immer wieder „Warum ist Ihnen dieser Versprecher passiert, wenn
nichts dahinterstecken soll?"

---

[7] PPP – Pakistan Peoples Party

Als ich in großen Zügen andeute, was ich im Film bringen und sagen werde, erklärt er schlichtweg, meine Informationen seien falsch. Der Bolanpass zum Beispiel wäre nie von geschichtlicher und strategischer Bedeutung gewesen, sondern nur der Khyberpass. Nun bin ich beruhigt, denn ich merke, dass er mich provozieren will und ganz cool sag ich ihm, er soll doch mal Toynbees *Between Oxus and Jumna* lesen oder etwas über den Feldzug Alexander des Großen, in dem Krateros Rückzug über den Bolanpass beschrieben ist. Wenn das nicht von geschichtlicher Bedeutung ist, was dann? Da wird er plötzlich ganz freundlich, wir dürfen am nächsten Tag Premierminister Bhutto filmen und er verspricht mir sogar einen Hubschrauber für das Stammesgebiet.

Auf der großen Tribüne machen sich noch Elektriker an einem Gewirr von Kabeln zu schaffen. Große, aus bunten Stoffen zusammengenähte Sonnensegel überdachen nicht nur die Tribüne, sondern auch die seitlichen Reihen mit Sitzplätzen für Ehrengäste. Da haben schon viele mit ihren Bärten und Turbanen alttestamentarisch wirkende Männer Platz genommen, auf dem fußballfeldgroßen Platz davor kauert eine Menschenmenge. Premierminister Bhutto trägt eine dunkle *Shalwar Khameez*, darüber ein weißes Sakko, auf dem Kopf eine Kullah, eine schiffchenartige Kopfbedeckung aus hellgrauem Persianer.

Premierminister Zulfikar Ali Bhutto

Wir sind die einzigen Ausländer, die hier filmen, und ich bin die einzige anwesende Frau. Abgelenkt durch unseren C. O. und die Arbeit von Frederick und Jens schenke ich Bhuttos Rede keine allzu große Aufmerksamkeit. Doch als er die Männer wegen ihrer Einstellung zu den Frauen rügt, höre ich zu: „...Der Islam bedeutet Fortschritt, nicht Rückschritt. Ihr beschwert euch, von den Sardaren ausgenützt zu werden, doch solange ihr eure Frauen zu Hause einsperrt, sie nicht eigenständig arbeiten oder zum Wählen gehen dürfen, solange wird es kein fortschrittliches Belutschistan geben. Schaut euch diese Bibi aus Germany an ..." Alle schauen plötzlich zu mir her. *My god*, ist er wahnsinnig geworden? Keiner dieser Männer würde sich eine Frau wünschen, die mit anderen Männern in der Welt herumfährt um Filme zu machen. Doch für Präsident Bhutto, in Oxford und Berkeley ausgebildet, sind emanzipierte Frauen normal, und da außer mir kein anderes weibliches Wesen zur Hand war, hat er kurzerhand mich als Beispiel genommen.

Bei der Parteitagsrede am nächsten Tag trägt er einen eleganten gestreiften Anzug und spricht in seiner eloquenten Art mit viel Gesten und Engagement, nie vulgär schreiend. Er ist ein brillanter Redner und verurteilt die von gewissen Sardaren unterstützten Unabhängigkeitsbestrebungen im Land.[8] Er sagt, die Sardare glauben, sie stünden über dem Gesetz, doch sie beuten ihre Stammesleute aus, wie Sklavenhalter. Ab nun dürfen sie nicht mehr Recht sprechen, keine Privatarmee und keine privaten Gefängnisse halten, sie dürfen keine Menschen unter Arrest stellen oder sie gegen ihren Willen für sich arbeiten lassen. Er beendet seine Rede mit folgender Aussage: „Das Sardarsystem, das auch nie vom Gouverneur Belutschistans, dem Khan von Kalat, unterstützt wurde"...Beifall... „wird abgeschafft." Und er verspricht, Belutschistan den anderen Provinzen gleichzustellen.

---

[8] Manche Sardare wollen eine Autonomie, *hardliner* träumen sogar von einer Abspaltung von Pakistan, von einem unabhängigen Belutschistan, vereint mit den restlichen Gebieten der Belutschen im Iran und Afghanistan.

1976 PPP – Parteitagsrede von Ministerpräsident Zulfikar Ali Bhutto

Ob ihm das gelingen wird? Premierminister Bhutto will Pakistan nach westlichem Vorbild modernisieren, dazu braucht er die Bodenschätze Belutschistans. Bisher hat diese Provinz nichts von dem Reichtum unter ihrem Boden. Bhutto redet von Demokratie und verspricht diese „rückständige" Provinz den anderen gleichzustellen. Doch die Situation in Belutschistan kann man nicht mit der in den anderen Provinzen vergleichen.

Hier regieren noch, zumindest bis heute, die Sardare. Wer hat ihnen solche Macht verschafft? Die Briten. Ich habe das Gefühl, dass man hier teilweise noch mit Liebe und Respekt an die ehemaligen Kolonialherren denkt, sonst würde man nicht Militärmusikkapellen mit *tartans* und Dudelsäcken aus der Kolonialzeit dulden oder eine Garden Party nach britischem Vorbild mit Tee und Bäckereien organisieren wie in Sibi. Die Kolonialregierung wollte sich 1835 nicht mit den aufmüpfigen Stämmen herumplagen, so stärkten sie mit Subsidien und einträglichen Ämtern die Macht der Stammesfürsten, machten sie zu Feudalherren, die im Gegenzug die Stämme friedlich halten mussten.

Die Sardare sind seither die absoluten Herren Belutschistans. Ihre vererbbare Position und Macht besteht darin, dass sich die Stammesmitglieder mehr ihrem Clan verbunden fühlen als Pakistan. Manche Sardare sitzen im Gefängnis, manche haben Ministerposten inne, erhalten zusätzlich zu ihrem Gehalt auch einen Teil des Entwicklungsbudgets für Belutschistan, den sie nach Gutdünken für Projekte in ihrem Distrikt ausgeben können. Hier herrscht noch ein höllisch komplexes Gönnerschaftsprinzip, das von den Sardaren und feudalen Landbesitzern über die Waderos bis zu den unteren Gesellschaftsschichten verläuft und auch den einfachen Stammesmitgliedern eine Geborgenheit im Stamm vermittelt. Wie man nun auf die Abschaffung des Sardarsystems reagieren wird, bleibt abzuwarten.

Viele haben sich bemüht mir einen Hubschrauber zu besorgen oder mir einen versprochen. Der Mann vom Informationsministerium, der mich wie eine Spionin behandelt hat, macht das wahr. Wir sind die einzigen, die zwei Tage später über Kohlu ins Stammesgebiet der Marri geflogen werden. Ausländische Reporter von renommierten westlichen Zeitungen, die nicht mitfliegen dürfen, beknien mich ihnen Fotos mitzubringen, ein Japaner versucht sogar, mir seinen Apparat aufzudrängen. Doch ich lehne ab. Außer uns befindet sich in diesem Hubschrauber noch ein gutaussehender Belutsche im besten Alter, der nachdenklich zum Fenster rausschaut. Jemand von der Besatzung flüstert mir zu, dass es der Bruder des Marri Stammesfürsten ist, der in Karachi im Gefängnis sitzt. Voll Interesse betrachte ich diesen Mann, wer weiß, was in seinem Kopf vorgeht. Als ich ihn diskret anspreche, ob ich ihm ein paar Fragen stellen dürfe, sagt er nur *no comment*. Wahrscheinlich gehört auch sein Bruder zu den *hardlinern,* die eine Abspaltung Belutschistans wünschen.

Wir landen auf einer Wiese, unter einem Baum wird uns Tee angeboten und nach und nach kommen einige gewichtige Stammesleute dazu. Manche können Englisch, und ich frage, was sie von Präsident Bhuttos eben in Quetta verkündeter Abschaffung des Sardarsystems halten. Wie auf Kommando sagen sie alle mehr oder weniger dasselbe: Sie sehen die Zukunft an der Seite der Regierung, die verspricht mehr Schulen und Krankenhäuser zu bauen und das hoffentlich auch hält. Dann kommt ein Trommler und ein paar Männer tanzen, angeblich aus Freude über die Abschaffung des Sardarsystems.

Tanz aus Freude über die Abschaffung
des Sardarsystems?

Wenn man sich kaum frei im Land bewegen darf, immer einen Aufpasser von der Regierung dabei hat, ist es schwer, ein echtes Bild von der Situation zu vermitteln. Doch ich habe ein Gefühl für diese Provinz bekommen, für dieses karge Land mit seinen stolzen Menschen, die vor einer Umwandlung stehen, denen der Sprung in die Moderne noch bevorsteht.

+ + +

Unsere Zeit in Pakistan ist zu Ende. Ich mache einen Zwischenstop in London, da ich dort das Filmmaterial entwickeln lasse. Noch voll von Eindrücken aus einer anderen Welt wird man plötzlich von der Normalität unseres Alltags vereinnahmt. Deshalb freue ich mich auf die Ausarbeitung des Filmmaterials.

Und wieder ergeht es mir so wie nach jeder meiner ausgedehnten Asienreisen. Ich sehe meine Heimat mit anderen Augen. Die vorher als Selbstverständlichkeit betrachtete Schönheit der Alpenländer wird mir nach Reisen durch trockene und wüstenhafte Gebiete immer stärker bewusst.

Der Film BELUTSCHISTAN, *Pakistans problematische Provinz* wird im Jänner 1977 gesendet. Viele Fernsehzeitschriften haben ihn mit einem Bericht, Tendenz „Mutige Frau wagt sich zu den Aufständischen" angekündigt, wozu das Pressefoto von mir, umringt von Belutschen, das bei der Sibi Gardenparty aufgenommen wurde, beigetragen hat.

Lechenperg, anfangs eifersüchtig auf meinen Erst-
lingserfolg, rang sich zur Erkenntnis durch, dass
ich die einzige Frau in seinem Leben gewesen sei,
die von ihm etwas gelernt hätte. Doch die Anerken-
nung, die mir am meisten Freude bereitete, bekam
ich vom Filmemacher Hans Walter Berg, der für
die ARD unter anderem die *Gesichter Asiens* gemacht hat. Er lud mich zu sich nach Konstanz ein
und bat mich, den Belutschistanfilm mitzubringen,
den er sich dann zweimal ansah. Er war davon so
angetan, dass er in meiner Gegenwart seinen
Freund Peter Scholl-Latour anrief, um ihm zu
erzählen, dass er Besuch von einer jungen Frau
hätte – ich war damals schon 43 Jahre alt – der das
gelungen sei, was ihm zwei Jahre vorher verwehrt
worden war, nämlich in Belutschistan filmen zu
dürfen.

Wenige Monate später, am 5. Juli 1977, wird Premierminister Bhutto, der charismatischste und
schillerndste Politiker Pakistans, von seinem
Nachfolger, General Zia ul Haq, durch einen Mili-
tärcoup entmachtet und verhaftet. Dieser Zia ul
Haq hatte einen religiösen Tick, deshalb bekam er
vom Militär den Spitznamen Mullah. Denn Religion
zu vermischen mit der Aufgabe ein Land zu regieren, war ein Konzept, das seinen Generälen nicht
gefiel.

In einem äußert angezweifelten Gerichtsverfahren
(Schuldzuweisung am Mord eines politischen Geg-
ners) wurde Zulfikar Ali Bhutto im März 1978 zum
Tode verurteilt und der fanatisch religiöse Militär-

diktator Zia ul Haq ließ ihn tatsächlich, alle internationalen Aufrufe ignorierend, im April 1979 im Gefängnis erhängen. Die Ironie der Geschichte: Durch diese Tat befleckte er sich eines ähnlichen Verbrechens, das seinem Widersacher Bhutto angelastet wurde.

Zulfikar Ali Bhutto wurde Legende. Er war so populär, dass noch ein Jahrzehnt nach seinem Tod seine Tochter Benazir die Wahl gewann. Sie war die erste Frau, die je einem islamischen Staat vorstand. Zweimal war sie Staatsoberhaupt, und 2008 wurde sie bei einem Attentat getötet.

Belutschistan heute?

Die Provinz ist immer noch im Aufruhr. Bisher konzentrierten sich die Streitigkeiten zwischen dieser problematischen Provinz und der Regierung Pakistans auf die im Stammesgebiet entdeckten Erdgasvorkommen, deren Gewinne nicht den Belutschen zugutekommen. Die Probleme haben sich in der Zwischenzeit vervielfacht. Kaum eine Nacht vergeht ohne Zusammenstöße zwischen den Nationalisten und dem Frontier Corps der Regierung. Inzwischen hat Premierminister Musharaf den Chinesen den Fischerort Gwadar an der Makranküste überlassen, um dort einen Tiefseehafen am Persischen Golf, in der Nähe von Hormus, wo das viele Erdöl verschifft wird, auszubauen. Dieses Megaprojekt wurde 2007 fertiggestellt und eingeweiht. Für die Chinesen bringt dieser Hafen am Arabischen Meer enorme Vorteile, da so in Zukunft das Erdöl nicht mehr über den Indischen Ozean und Pazifik verschifft werden muss, sondern direkt von Gwadar, auf dem wesentlich kürzeren Landweg quer durch Pakistan, nach China gebracht werden kann. Der noch nicht fertiggestellte Landkorridor wird dann den Öltransport nach China von 12.000 Kilometer auf nur 2.400 Kilometer verkürzen.

Doch auch bei diesem Projekt sehen sich die Belutschen übergangen, sie sehen darin eine Überfremdung ihrer Provinz. In dem 2011 erschienenen Buch *PAKISTAN, A hard country* befragt der britische Autor A. Lieven den Sohn des 2006 ermordeten Stammesführers Sardar Akbar Bugti zu der von Pakistan betriebenen Entwicklungspolitik und zu Gwadar. Nawabzada Jamil Bugti gibt ihm folgende Antwort: „Wir möchten nicht, dass Gwadar oder andere Häfen entwickelt werden – wir wollen kein zweites Dubai in Belutschistan. Was ist schon Dubai? Ein verdammtes Hurenhaus wie der Rotlichtdistrikt in Lahore. Warum sollen wir es erlauben, dass Millionen Fremde hierherkommen und sich unser Land aneignen?"[9]

Viele Belutschen sind Anarchisten, sympathische Anarchisten, die ihre Eigenständigkeit zugunsten eines westlichen Entwicklungsmodells nicht aufgeben wollen.

Belutschistans Bodenschätze sind ein unerschöpfliches Thema. Inzwischen hat man in Reko Diq, nahe der Grenze zu Afghanistan angeblich nicht nur die weltweit größten Kupfervorkommen entdeckt, sondern auch die viertgrößte Goldmine der Welt. Das würde Pakistan zu einem reichen Staat machen, wäre nicht alles stillgelegt wegen eines jahrelang sich hinziehenden Streits um die Schürfrechte, die sich ein internationaler Konzern für viele Jahre geben ließ, oder erschwindelt hat, als

---

[9] "We don't want to develop Gwadar or other ports – we don't want another Dubai in Balochistan. What is Dubai? A bloody whorehouse like the Hira Mandi (,Diamondmarket' or red-light-district) in Lahore. Why should we allow millions of outsiders to come here and take our land?"

man keine Ahnung hatte, welche Schätze sich noch unter dem Boden befinden.

Eines der großen Probleme Belutschistans ist heute auch die Wasserknappheit. Durch die vielen Wasserbohrungen ist der Grundwasserspiegel so drastisch gesunken, dass die meisten *Khareeze* kein Wasser mehr führen. In vielen Gegenden muss es heute gekauft werden, es wird mit Tankern angeliefert. Ohne Wasser gibt es in dieser wüstenhaften Provinz keine Landwirtschaft, kein Leben. Die Folge ist der Zerfall des dörflichen Gemeinwesens und die Abwanderung.

+ + +

Als Ergänzung möchte ich noch einen Erlebnisbericht vom damaligen Ostpakistan, dem heutigen Bangladesch, hinzufügen. Er hat keinen Bezug zu Belutschistan außer der Tatsache, dass 1947, nach der *Partition*, der Teilung Indiens nach religiöser Zugehörigkeit, zwei islamische Pakistans entstanden – Westpakistan und Ostpakistan – durch etwa 2.000 Kilometer Luftlinie voneinander getrennt, ein Artefakt im geographischen, sprachlichen und politischen Sinn. Die Verbindung zwischen den als kämpferisch bezeichneten Westpakistanern und den als passiv geltenden Ostbengalen, die nach der *Partition* zu Ostpakistanern wurden, konnte nicht lange gutgehen. 1971 wurde Ostpakistan zu Bangladesch und Westpakistan blieb das heutige Pakistan.

Der Großteil der Sunderbans gehört zu Bangladesch und 1966, als es noch Ostpakistan hieß, versuchten wir, dort einen Film über die berüchtigten Bengaltiger zu machen. Dazu ein Limerick:

There was a lady of Niger
She smiled when she rode on a tiger
Coming back from the ride
With the lady inside
The smile was on the face of the tiger.

Tiger folgt des Löwen Spur

Diese Zeilen von A. Strindberg sollten der Titel eines Films über die letzten Löwen Indiens und die als *maneater* gefürchteten Tiger der Sunderbans sein. Die Aufnahmen wurden 1966 und 1969 gemacht, ich war damals noch Assistentin von H. Lechenperg.

Generell assoziiert man Löwen mit Afrika und Tiger mit Indien. Doch einst war nicht nur Indien, sondern ganz Zentralasien von Löwen, dem *Leo persica*, bewohnt. Das indische Staatswappen zeigt vier Rücken an Rücken stehende Löwen auf dem Lotoskapitell der Ashoka Säule. Der offene Landschaften bevorzugende Löwe musste als erster dem Ackerbauer weichen, der Tiger hingegen fand in den dichten Dschungeln des indischen Subkontinents noch ein ideales Habitat.

1969 besuchten wir das einzige Löwen-Reservat Indiens im Gujarat. Bei der viertägigen Fahrt in der Vormonsunzeit von Jaipur über Ahmedabad bis Junnagadh war es so heiß, dass wir uns manchmal in nasse Badetücher einwickelten, denn damals gab es noch keine Autos mit Aircondition. So erregten wir mit unserem Aussehen beinah so viel Aufmerksamkeit wie der Autostopper, den wir ein Stück weit mitnahmen. Es war ein aschebeschmierter fast nackter Sadhu, dessen Stange mit dem Dreizack aus dem Fenster unseres VW-Buses herausragte.

Die Straße nach Junnagadh war noch im Bau und Frauenarbeit. In farbenfreudige Gewänder gekleidet und mit kiloweise Silberschmuck an Hals und an den Armen, hockten sie am Boden und zerkleinerten mit Hämmerchen Steine oder Ziegelstücke. Andere bildeten eine Schlange und reichten dieses Material in Körben von Kopf zu Kopf weiter bis zur Dampfwalze, der einzigen Maschine dieses Arbeitstrupps. Der spärliche Verkehr wurde auch nicht umgeleitet. Ergebnis: Handgemachte Straße mit Naturwelle.

Auf dem Weg zum Löwenschutzgebiet in Ghir gab es nur Straßenschilder in indischer Schrift, die wir nicht lesen konnten. Wir mussten uns durchfragen, das waren meist aufgeregte Diskussionen, bei denen jeder in eine andere Richtung zeigte und nicht immer haben wir die richtige erwischt. Bei einer Umleitung auf eine einspurige Straße, die zwischen natürlichen Lehmwänden verlief, war der Weg zu eng, um einem schwer beladenen Ochsenkarren auszuweichen, das bedeutete ein paar Kilometer im Rückwärtsgang zurück. Irgendwann trafen wir auf ein Postauto, dessen Chauffeur uns den richtigen Weg zeigen konnte. Sasanghir heißt zwar schlechtes Wasser, doch nach dieser Fahrt tranken wir gierig das im Tonkrug angebotene kühle Nass, obwohl in diesem Land für Fremde die wichtigste Regel heißt, nur Abgekochtes zu trinken.

In Ghir machen wir die Bekanntschaft des Löwenforschers Paul Joslin, der die Situation der letzten indischen Löwen studiert und an einem Zensus arbeitet, an einer Löwenzählung, die auf Fußabdrücken basiert. Er will herausfinden, warum die Löwenpopulation so drastisch zurückgeht, und wir erfahren die erstaunlichsten Dinge, nicht nur, dass durch vergiftete Kadaver auch ganze Löwenfamilien ausgerottet werden. Die Viehzüchter lassen ungebremst ihre Herden im lockeren Buschwald des Löwen-Schutzgebietes weiden. Dabei handelt es sich um zwanzig- bis fünfundzwanzigtausend Rinder, die bei weitem die Zahl der natürlichen Beute der Löwen – Axishirsche, Sambars, Black bucks und Spotted deer – übersteigen. Deren Bestand wurde schon durch die vom Weidevieh eingeschleppte Maul- und Klauenseuche drastisch dezimiert. So ist es nicht verwunderlich, dass die Löwen, wollen sie nicht verhungern, an die Rinder gehen. Angeblich werden pro Jahr etwa fünftausend Rinder von Löwen getötet. Aber nicht gefressen. Denn zwanzig Prozent ihrer Beute jagen ihnen wieder die Harijans, die Unberührbaren, ab. Mit Steinschleudern vertreiben sie die Löwen vom *kill*, verwenden dann die Häute der Rinder zur Herstellung von Leder.

Im Hinduismus ist zwar der Grundsatz des Ahimsa verankert, was bedeutet, dass alles Lebendige heilig ist, dass jede Lebensform toleriert werden muss. In der Praxis gilt das nur mehr für die Kuh. Das Überleben der indischen Löwen ist eine Frage der Zeit. 1969 zählte man noch einhundertsechzig.

Premierminister Nehru und seine Tochter Indira hatten 1955 Ghir einen Besuch abgestattet. Damit

sich Löwen sehen lassen hat man Ziegen als Lock-
mittel angebunden. Nehru erkannte sofort, dass so
etwas den Tourismus in dieser abgelegenen Provinz beflügeln könnte, deshalb veranstaltet die
Forstverwaltung seither eine Art Löwenschau.

Für uns ist das eine wunderbare Gelegenheit diese
Tiere zu filmen. Zur Sicherheit steht da ein Forst-
beamter mit Gewehr, vermittelt so auch das pri-
ckelnde Gefühl von Gefahr. Angelockt vom Geme-
cker der angebundenen Ziege sind zwei Löwinnen
mit ihren fünf Jungen gekommen. Anscheinend
nicht das erste Mal, sie scheinen aus Erfahrung zu
wissen, dass die Ziege ihnen gehören wird und
warten geduldig auf diese Beute, die sie erst rei-
ßen, wenn sie wieder allein sind. Völlig entspannt
ruhen diese beiden Großkatzen, lassen sich foto-
grafieren und filmen, während ihre übermütigen
halbwüchsigen Löwenkinder in ihrer Nähe spielen. Sie scheinen an Menschen gewöhnt zu sein. Inzwischen ist auch ein Löwe aufgetaucht, der hält
aber größeren Abstand. Ich sitze in einer Entfernung von etwa fünfzehn Metern auf dem Boden,
kann mich am possierlichen Spiel der Löwenjungen gar nicht satt sehen.

Als Katzenliebhaberin juckt es mich zu erkunden,
ob sie ähnlich reagieren wie junge Katzen auf einen am Faden baumelnden Korkstöpsel. Deshalb
bewege ich meinen khakifarbenen Stoffhut mithilfe eines Spazierstockes am Boden immer hin
und her bis eines der Löwenjungen neugierig näher kommt und blitzschnell den Hut erbeutet. Ich
hatte nicht bedacht, dass sich in dieses Experiment

auch die Löwenmutter einmischen würde. Wie ein Geschoss kam diese ausgewachsene Löwin hinterhergesprungen, schnellte zentimeternah an mir vorbei, nahm ihrem Schützling den Hut weg und trieb ihn mit einem dezidierten Prankenhieb zurück. Es ging alles so blitzschnell, dass mir erst nachher bewusst wurde, wie leichtsinnig ich mich verhalten hatte und welches Glück ich hatte, dass die Löwin nur ihr Junges mit einem Prankenhieb bestrafte. Von allen Seiten prasselten auf mich Vorwürfe ein. Zum Glück kamen ein paar Autos angefahren, eine Seltenheit in dieser Gegend, und so verschob sich das Interesse der Wildparkbetreiber auf die indischen Ausflügler. Die hatten auch keine Ahnung, wie man sich beim Beobachten von Wildtieren verhalten soll. Sie redeten laut miteinander, aus ihren Kassettenrecordern plärrte indische Musik, ihr Interesse galt nicht so sehr den Löwen als vielmehr uns. So wurde aus der Löwenschau eine Europäerschau.

+ + +

„Tu den Tiger in den Tank"

Der Tigerfilm war eine umfassendere Angelegenheit. Als wir 1966 in Ostpakistan, dem heutigen Bangladesch, die so genannten Royal Bengal Tigers filmen wollten, hatten wir Glück durch Unglück. Da in den Sunderbans ein Tiger in zehn Tagen schon den zweiten Golpattaschneider[10] getötet hatte, weigerten sich die anderen dieser Arbeit nachzugehen, solange da in ihrer Nähe ein *maneater* sein Unwesen treibt. Daraufhin entschloss sich die Forstbehörde, einen Tigerjäger und Fallensteller dorthin zu schicken, und wir, Lechenperg, zwei Kameramänner, ein offizieller Begleiter, ein Koch und ich, durften auf dem luxuriösen Schnellboot mitkommen um das zu filmen.

---

[10] Golpatta sind besonders robuste Palmwedel, die zum Dachdecken verwendet werden.

In diesem Land vereinen sich zwei der mächtigsten Flüsse des subindischen Kontinents, der 2.550 km lange Ganges und der 2.900 km lange Brahmaputra. Sie münden in den Golf von Bengalen und bilden dort ein riesiges Delta, die sogenannten Sunderbans. Dieses von unzähligen Wasserläufen verästelte und weitverzweigte Schwemmland ist aus den Ablagerungen der Erde entstanden, welche die großen Ströme auf ihrem langen Weg vom Himalaya bis zum Golf von Bengalen mitführten.

Die Sunderbans –
das Delta des Brahmaputra – und Ganges

Da gibt es den größten Mangrovendschungel der Welt, ein zehntausend Quadratkilometer umfassendes Universum für sich. Die Mangroven, wegen ihrer Luftwurzeln Pneumatophoren genannt, sind Pflanzen, die auch im salzigen Wasser gut überleben können. Ihre hoch aufschießenden Luftwurzeln versorgen den Baum mit Sauerstoff, ihre dichtwachsenden Bodenwurzeln halten die Erde dieses Schwemmlandes zusammen, schützen es vor Erosion. Dieser Mangrovendschungel bremst auch die Wucht der hier so häufig von Mai bis Oktober vorkommenden Zyklone. Die Sunderbans unterliegen auch dem Gezeitenwechsel des indischen Ozeans. Bis zu sechzig Kilometer und mehr wird die Flut landeinwärts gepresst, Tag für Tag steigt der Wasserspiegel in den tausenden Wasserläufen des Deltas bis zu einer gewissen Höhe an.

Wörtlich übersetzt heißt Sunderban schöner Wald, aber es ist ein menschenfeindlicher. Nur in den ruhigeren Wintermonaten wagen sich Golpattaschneider, Honigsammler und Fischer hierher, doch da erwarten sie andere Gefahren, denn die Sunderbans sind auch das Rückzugsgebiet der sogenannten *Royal Bengal Tigers* – der königlichen Bengaltiger.

In Brehms Tierleben von 1890 steht noch: „*Der Royal Bengal Tiger ist der König der indischen Tiger. Er lebt nur in den Sunderbans und ist von Natur aus ein Menschenfresser.*" So ein männlicher Königstiger kann, von der Schnauze bis zur Schwanzspitze gemessen, zwischen 2,70 und 3,30 Meter lang werden und zwischen 180 und 300 Kilo wiegen.

Den ersten bewunderte ich im Zoo von Karachi. Man nannte ihn Agni – Feuer – und das passte zu seinem lohend gelb-orangen, von schwarzen Streifen durchzogenen Fell. Dieses Tier mit seiner wuchtigen Nackenpartie, seinem kraftstrotzenden muskelbepackten Körper und den mächtigen Pranken ist auch von geschmeidiger Eleganz, Symbol ungezähmter geballter Kraft. „Tu den Tiger in den Tank" hieß der Werbeslogan von ESSO.

Im damaligen Ostpakistan wimmelte es von Tigerabbildungen, es gab Tigerzündholzer, Tigerbars, Tigermasken und den so bewährten Tigerbalsam gegen Schmerzen. In den Chittagong *hill tracts* konnten wir sogar einen Tanz zur Besänftigung des Tigerdämons filmen, denn manche der dortigen Volksstämme beten noch den Tiger an. *Baghdeo* nennen sie den Tigergott, *bagh-devi* die Tigergöttin. Devi ist in der indischen Mythologie die weibliche Hälfte Schivas und besser unter dem Namen Durga bekannt. Und die furchterregende Göttin Durga, meist mit schwarzem Gesicht, roter Zunge und einer Kette aus Totenschädeln dargestellt, reitet natürlich auf einem Tiger.

Mit dem Schnellboot der Forstverwaltung sind wir nun auf dem Weg in die Sunderbans. Manchmal werden die Flüsse so breit, dass man kaum mehr das Ufer erkennt. Da tummeln sich noch kleine Delphine im Wasser. In Khulna, dem letzten größeren Ort vor dem Delta, müssen wir noch Proviant besorgen, denn weiter unten gibt es nichts mehr zu kaufen. Ungern begleite ich unseren Koch zum Markt, denn in Zeitungen liest man immer wieder von Pockentoten in dieser Stadt, zum Glück bin ich geimpft. Hier kommt auch der Fallensteller Posabdhi an Bord. Wie die meisten Einheimischen tragen der Koch und der Fallensteller ein Lunghi, das ist ein um die Hüfte gewickeltes Stück Stoff, eine Art Pareo für Männer.

Bald nach Khulna teilen sich die Wasserwege und unser Schnellboot ist bald das einzige in diesem Teil des Deltas. Beim letzten Außenposten der Forstverwaltung wird angehalten, um einen Mann mit Gewehr mitzunehmen. Die Weiterfahrt durch die Wasserwege im Mangrovenlabyrinth führt an surreal wirkenden Uferlandschaften vorbei. Wie Stalagmiten oder umgedrehte graubraune Eiszapfen sehen die Luftwurzeln der Mangroven aus.

In einem dieser Khals, wie die schmaleren Wasserwege hier genannt werden, wird bei sechs oder sieben nebeneinander vertäuten hölzernen Booten angehalten, deren Teakholzplanken noch mit geharzten Kokosschnüren zusammengefügt sind. Das sind die Hausboote der Golpattaschneider, die sie seit dem plötzlichen Tod ihres zweiten Kollegen nicht mehr verlassen haben.

Sie sehen mitgenommen aus, in ihren Gesichtern ist noch die Angst zu erkennen, als sie Posabdhi ein blutiges Stück Tuch, das Lunghi des Toten, zeigen. Dann reden alle auf ihn ein, sie waren beim Golpattaschneiden als ihnen auffiel, dass der Mann, der ausgetreten war, um seine Notdurft zu verrichten, nicht mehr zurückkam. So aufgeregt schildern sie dem Forstbeamten und Posabdhi den Hergang des Unfalls, dass sie nicht mal merken, wie sie dabei gefilmt werden. Zum Ort des Unglücks führen sie uns nur, weil Posabdhi und der bewaffnete Forstbeamte mitgehen. Ich spüre ihre Angst, kann sie aber nicht teilen, irgendwie sehe ich im Tiger keine unmittelbare Gefahr. Den Kameramännern geht es genauso, und Lechenperg, der sich seine Magnum 375 um die Schulter gehängt hat, um den Golpattaschneidern auch Tigerschutz zu suggerieren, finde ich in dieser Hemingway-Pose absolut lächerlich. Wir kommen an großen, noch gut erkennbaren Tatzenspuren vorbei, sehen vertrocknetes Blut am Boden, verfolgen die Schleifspuren bis zu dem, was der Tiger vom Mann noch übriggelassen hat. Nur mehr die obere Hälfte.

Tigermahlzeit

Den ganzen Abend wird diskutiert, warum ausgerechnet in den Sunderbans die Tiger Menschen fressen, wohingegen sie in anderen Gebieten den Menschen fürchten, ihm aus dem Weg gehen.

Was uns am meisten einleuchtet ist die These, dass die Tiger hier keine Furcht vor Menschen haben, weil sie in diesem unzugänglichen Mangrovendschungel geschützter lebten. In den Sunderbans wurden nie so viele Jagdpartien abgehalten wie in Indien, wo im 19. und 20. Jahrhundert Maharadschas und Kolonialherren der Tigerjagd frönten. Einen Tiger zu erlegen galt als Mutprobe und war für die Europäer ein Statussymbol. In dieser Zeit lernten die Tiger Indiens den Menschen zu fürchten. Das schwärzeste Kapitel für Indiens Tierwelt begann allerdings nach dem Abzug der Kolonialherren, da wurde die Jagd unkontrollierter Volkssport. Bis zur Regierungszeit von Indira Gandhi gab es keine Jagdgesetze, jeder Inder konnte seiner Schießwut nachgehen.

Der Forest-Officer gibt dem Brackwasser die Schuld. Er sagt, es gäbe wissenschaftliche Untersuchungen, die belegen würden, dass Tiger frisches Wasser brauchen, was es hier nicht gibt. Denn durch den Tidenhub, der das Wasser vom Golf von Bengalen täglich bis zu 60 km landeinwärts presst, schmeckt auch das Flusswasser salzig. Dieses Brackwasser könnte sie so aggressiv gemacht haben.

Posabdhi hat eine andere Theorie. Er gibt die Schuld der Flut, die jeden Tag die vom Tiger gesetzten Duftmarken zur Markierung seines Reviers, seinen Urin und Kot, wegspült. So sei das Tier gezwungen, seinen Lebensraum andauernd zu schützen, ihn vor unerwünschten Eindringlingen zu verteidigen, das mache ihn so aggressiv. Und die Schilfschneider, Fischer oder Honigsammler, die sich in den Wintermonaten, wo es weniger Zyklone gibt, dort einfinden, sieht er auch als unerwünschte Eindringlinge in sein Revier.

Unser offizieller Begleiter hat die makaberste Theorie. Er meint, dass all die in den Ganges und Brahmaputra geworfenen Leichen von armen Leuten, deren Verwandte sich kein Holz für eine Feuerbestattung leisten konnten, bis hierher angeschwemmt werden, und an solche Nahrung hätten sich nicht nur die Wildschweine, sondern auch die Tiger gewöhnt. Auch durch die hier so häufig auftretenden Zyklone und Tsunamis würden von den Gezeiten Leichen von Ertrunkenen in das Delta gepresst.

Wir haben in den Kabinen der Motorlaunch gut geschlafen, und ich bin froh, dass wir uns den Koch geleistet haben, der mit wenig Aufwand gute Sachen zubereitet, serviert und abspült. Als Moslem unterliegt er nicht dem Kastensystem mit seinen komplizierten Auslegungen. Wären wir im indischen Teil der Sunderbans, müssten wir für jeden Handgriff einen eigenen Diener engagieren.

Gegen Mittag kommt ein Funkruf. Das Schnellboot wird anderweitig gebraucht, soll nach Dacca zurückkehren. Und wir auch. Unser offizieller Begleiter weiß ganz genau, dass unsere Arbeit erst angefangen hat, doch er muss gehorchen, deshalb versucht er, uns zu überzeugen, dass es für unsere Gesundheit besser wäre, die gefährlichen Sunderbans zu verlassen. Hinter diesem sonderbaren Rückholbefehl vermutet Lechenperg ein Ministerium im zweitausend Kilometer entfernten Westpakistan, das uns schon den Film über die spärlich bekleideten Murungstämme mit dem Argument *we don't want indecencies* (wir wollen nicht, dass Unanständigkeiten gedreht werden) verbieten wollte. Mit diplomatischem Geschick und einer Goldmünze gelingt es Lechenperg, den Forstbeamten auf unsere Seite zu ziehen. Dieser erlaubt uns nun hierzubleiben, wir müssen nur in eines dieser Boote aus Teakholz übersiedeln, das uns die Paulis[11] gern überlassen. Das Schnellboot fährt zurück, in spätestens einer Woche sollen wir abgeholt werden.

Die Übersiedlung vom luxuriösen Schnellboot in eines dieser uralten Hausboote betrachten wir notgedrungen als Abenteuer. Der Platz ist beengt, im überbauten Mittelteil kann man knapp aufrecht stehen, von der Kochstelle in der Ecke kommt ein beißender Rauch, aus allen Ritzen kriechen große Käfer, aber die Filmarbeit kann weitergehen.

---

[11] Die Golpattaschneider werden auch Paulis genannt.

Wir begleiten Posabdhi mit zwei Ruderbooten zu einer Stelle, von der aus er versuchen wird, den Tiger zu rufen. Mithilfe eines Tongefäßes, in das er kehlige Laute hineinstößt und auf diese Weise den Ruf eines Tigers perfekt imitiert, soll der echte Tiger in seinem Revier einen Rivalen vermuten und angelockt werden. Die Kamera ist in Stellung, Lechenperg und der Forstbeamte stehen mit dem Gewehr parat, wir sind alle mucksmäuschenstill, warten auf den Antwortruf des Tigers oder gar den Tiger selbst. Die beiden im kleinen Ruderboot verbliebenen Paulis zittern vor Angst.

Posabdhi ahmt den Ruf eines Tigers nach

Als kein Tiger auf die wiederholten Rufe antwortet, rudert man uns zurück. Nun wird in der Nähe des halbaufgefressenen Toten, der nicht entfernt werden durfte, eine Gewehrfalle errichtet. Man hofft, dass der Tiger bei Dunkelheit zurückkommt, um den Rest zu vertilgen und dabei in die Falle läuft. Diesen Fallenbau können wir in allen Einzelheiten filmen. Als ich wissen will, ob der Tiger nicht unsere Spuren erkennen oder riechen würde, erklärt man mir, dass die Gewehrfalle an einer Stelle steht, wo die ansteigende Flut unsere Spuren bald wegwaschen würde, ohne die Falle oder den höher gelegenen Toten zu beschädigen. Wenn der Tiger dann zu seiner halbaufgefressenen Beute zurückkehrt, würde er automatisch in die über seinen Weg gespannte Schnur laufen, die mit dem Auslöser des Gewehrs verbunden ist, der dann einen Schuss auslöst. Nicht nur der tote Pauli, auch der Gedanke an einen toten Tiger bedrückt mich.

Lechenperg war schon einmal in den Sunderbans und wollte dort einen Tiger schießen, was ihm gottseidank nicht gelungen ist. Er ist ja kein Jäger, hatte nur zum Zeitvertreib ab und zu auf Zielscheiben geschossen. Doch mit einem erlegten Tiger hätte er sich brüsten können, sein Ego aufpolieren. Deshalb hatte er dann in New Delhi, auf meine Diskretion zählend, für eine Menge Rupees ein prächtiges Tigerfell gekauft und es immer als das Fell eines von ihm erlegten Tigers ausgegeben, Bekannten und Freunden wurde diese Unwahrheit aufgetischt.

Waffen gehören zu seinen liebsten Spielzeugen. Solange er Dolche mit edelsteinverzierten Elfenbeingriffen bei einem Antiquitätenhändler erstand, konnte ich das noch nachvollziehen, doch als er im Deans Hotel in Peshawar mit seiner Pistole hantierte und aus Versehen ein Schuss losging, der zum Glück nicht mich, sondern die neben mir auf dem Tisch stehende Whiskyflasche zerschmetterte, war es mit meiner Toleranz in Bezug auf Schusswaffen vorbei.

Ich hasse auch die Gewehrfalle, die dieses prachtvolle Tier womöglich nur verletzt und den Toten nicht mehr lebendig macht. Doch der Tiger war clever, er hat die Gewehrfalle vermieden, erfahre ich. An den im feuchten Boden deutlich erkennbaren Prankenspuren konnte man sehen, wie er bis knapp an die Schnur gegangen war, dann einen Bogen machte, sich nicht einmal den Rest seiner Beute geholt hat. Ich war auf dem Hausboot geblieben, weil ich mir den Anblick eines frisch getöteten oder verletzten Tigers ersparen wollte.

Die Stimmung hat umgeschlagen. Der Kameramann ist schlecht gelaunt, er will endlich einen Tiger vor die Linse bekommen. Nicht einmal meine Entgegnung, dass Hauptdarsteller nie pünktlich seien, das wisse man doch von der Hollywood Klatschpresse, bringt ihn zum Lächeln.

Posabdhi und Hari mit den Gewehren, unser Assistent mit den Silberblenden und dem Uher-Tonbandgerät, der Kameramann und ich – werden am nächsten Tag wieder in die Khals gerudert. Da hören wir zum ersten Mal den Ruf eines Tigers und sehen im lockeren Wald einen Kratzbaum, an dem er sich vorher wahrscheinlich die Krallen geschärft hat. Nur einen Augenblick war sein leuchtend goldrotes Fell zu sehen. Dieses Tier ist so schnell verschwunden, da war keine Zeit zu schießen oder gar zu filmen. Der Ruderer ist von seinem Platz auf meinen Schoß gesprungen, hält mich vor Angst wie ein Affe umklammert. Erstmals verstehe ich deren Todesangst. *No bagh* – kein Tiger – bedauert Posabdhi.

Fahrt in die Khals

Später konnten wenigstens noch die Affen, die sogenannten *red-face-monkeys* gefilmt werden, die so possierlich zwischen den Luftwurzeln herumbalgten.

Auch Salzwasser-Krokodile soll es hier geben, doch die halten sich an den breiteren Wasserläufen auf, liegen dort auf den Sandbänken. Einer der Paulis zeigt uns seinen vollkommen verunstalteten Oberschenkel, dessen grässliche Narben vom Biss eines Krokodils verursacht wurden.

In der Nacht kommt ein heftiger Sturm auf. Die miteinander vertäuten Boote wackeln dermaßen, dass an Schlaf nicht zu denken ist. Hari meint, wenn der Sturm sich zu einem Zyklon aufschaukeln würde, dann ginge es ums Überleben, dann wären wir an Land sicherer, müssten uns an die Bäume klammern. Doch zum Sturm gesellt sich gottseidank nur ein starker Platzregen, überall tropft es durch und am Morgen ist der Spuk vorbei.

Ich bleibe im Hausboot, hänge all unser nasses Zeug zum Trocknen auf, während die anderen wieder mit Posabdhi auf Tigersuche gehen und die zweite Gewehrfalle kontrollieren. Warum will sich Lechenperg neben Posabdhi mit einem erlegten Tiger verewigen, von dem man nicht einmal sicher wissen wird, ob es der Menschenfresser war?

Da ich auch von Honigsammlern gelesen habe, befrage ich den Koch, wo das gefilmt werden könnte und präsentiere abends beim Essen meine Idee, die sofort akzeptiert wird, denn einer der Paulis weiß, wo die wilden Honigbienen ihre Nester haben. Ich darf nicht mitgehen, denn man befindet, je weniger dabei sind, umso besser sei es. So gebe ich ihnen noch einen Plastikeimer für die Honigwaben mit und verbringe den Tag lesend auf dem Deck.

Das Honigsammeln zu filmen war eine schlechte Idee. Ohne die Filmkamera und ohne das Gewehr, das sie bei ihrer Flucht nicht mehr mitnehmen konnten, kommen sie tropfnass und zerstochen zum Hausboot zurück. Am ärgsten hat es den Assistenten erwischt, dessen Gesicht so geschwollen ist, dass er nicht mehr aus den Augen schauen kann und Lechenperg, der Hobby-Arzt, verpasst sich und den anderen Injektionen von Cortison und Antihistamin.

Sie erzählen, dass sie den in Tücher eingewickelten Honigsammler beim Besteigen des Baumes gefilmt hatten, und als dieser sich dann am Bienenstock zu schaffen machte mit solcher Intensität von diesen wilden Honigbienen überfallen und gestochen wurden, dass sie, um sich zu retten, in den Khal springen mussten und nur mehr zum Luftholen aufgetaucht seien.

Wahrscheinlich ist das Honigsammeln ein *one-man-job*. Nun kauern sie mit nassen Tüchern auf den geschwollenen Stellen auf dem Deck des Hausbootes und trinken Tee. Nach einiger Zeit machen zwei sich auf, um die Kamera und das Gewehr zu holen. Keine Chance, der aggressive Bienenschwarm lässt niemanden näherkommen. Erst beim zweiten Versuch gelingt es. Zum Glück war die Kamera auf dem Stativ, das wegen der inzwischen gestiegenen Flut schon halb unter Wasser stand. Während alles zerlegt, getrocknet und geölt wird, muss ich mir blöde Reden anhören, dass es meine Idee war.

Die Suche nach dem Tiger geht hektisch weiter mit Rufen (ohne Antwort) und Fallenstellen (ohne Erfolg). Dieser Film erscheint mir schon wie ein Krimi, man sucht nach dem Täter, in diesem Fall einen vierbeinigen. Sogar bei Dunkelheit fahren sie mit Posabdhi in die Khals, warten dort, um mit Licht einen Tiger vor die Kamera oder das Gewehr zu bekommen. Wären da nicht tagtäglich frische Spuren im feuchten Sand, würde man annehmen, dass es hier keine Tiger gibt. Doch die kennen ihr Revier, wissen genau, wo sie sich im Mangrovendschungel vor den Menschen verstecken müssen und sind auch ausgezeichnete Schwimmer, können problemlos breite Wasserstraßen durchqueren.

Zur Hebung der Stimmung erweise ich den genervten Männern eine Aufmerksamkeit, ich spüle ihre lehmbeschmierten Khakihosen im Fluss und hänge sie zum Trocknen auf eine zwischen den Booten gespannte Schnur. Die ist dann während der Nacht wahrscheinlich wegen eines aufkommenden Windes gerissen und die Hosen sind auf Nimmerwiedersehen weg. Zum Glück holt uns schon am nächsten Tag das Schnellboot ab, ich habe es satt, immer als Sündenbock abgestempelt zu werden.

Auch die Golpattaschneider kehren in ihre Dörfer zurück, der *man-eater* konnte nicht unschädlich gemacht werden, außerdem beginnt die Zeit der Zyklone.

In der Nähe der Forststation werden noch die Fliegenden Hunde gefilmt, riesige fledermausähnliche Tiere, die dort zu hunderten auf den Bäumen hängen, und der Forstbeamte verlangt für die geschenkte Goldmünze sogar noch eine schriftliche Bestätigung. Unser Sunderban Abenteuer ist zu Ende, ein paar Tage später fliegen wir zurück nach Westpakistan.

Auch ohne den erlegten Tiger hätte das Material für den Film „Tiger folgt des Löwen Spur" gereicht. Bei einem geschickten Filmschnitt hätte niemand einen vorbeiflitzenden Bengal-Tiger aus dem Freigehege eines Zoos von einem echten Sunderban Tiger unterscheiden können. Doch Lechenperg, verärgert, sich nicht neben einem erlegten *man–eater* von den Sunderbans in Position bringen zu können, hatte kein Interesse an meinen Alternativ-Vorschlägen und später war das Filmmaterial zu veraltet, verrottet seither in irgendeinem Keller.

QUELLEN- UND LITERATURHINWEISE

- Lieven Anatol "Pakistan a hard country", Penguin Books London 2012

- Matheson Sylvia "The Tigers of Baluchistan", Arthur Barker Ltd. London 1967

- Mir Khuda Bakhsh Bijarani Marri Baloch "Searchlight on Baloches and Balochistan", 1974

- Peyrefitte Roger „Alexander der Große", Goldmann Verlag 1985

- Toynbee Arnold "Between Oxus and Jumna", Oxford University Press 1961

- Tariq Ali "The leopard and the fox", Seagull Books Calcutta 2007

UTA MAZZEI-KARL

KISIL AYAK

Sie nannten mich Rotstrumpf

EIN ERLEBNISBERICHT

UTA MAZZEI-KARL

KISIL AYAK – sie nannten mich Rotstrumpf

Wie gelang es einer Frau in einer Zeit, als es noch keinen Asientourismus gab, die entlegensten Winkel von Afghanistan, Pakistan und Indien kennen zu lernen? Die Autorin war 1966 die erste Europäerin, die als Assistentin eines Filmemachers auf die Hochebenen des afghanischen Pamirs kam, ein kaum erforschtes Sperrgebiet auf 4.000 m Höhe, das nur mit Erlaubnis des damaligen Königs von Afghanistan, Zahir Schah, betreten werden durfte, ein Gebiet, das auch Marco Polo auf seiner Reise nach China durchquert hat.

Ein erstaunlicher Blick auf einen unbekannten Teil Afghanistans, ehe das Land von den Kriegswirren erschüttert wurde und in Chaos versank.

Das Buch ist beziehbar bei tredition.de sowie in vielen Online-Buchshops und Buchhandlungen.

ISBN: 978-3-7323-4048-4 (Paperback)
        978-3-7323-4049-1 (Hardcover)
        978-3-7323-4050-7 (e-Book)

MIX

Papier | Fördert
gute Waldnutzung

FSC® C083411

Zeitfracht Medien GmbH
Ferdinand-Jühlke-Straße 7
99095 Erfurt, Deutschland
produktsicherheit@kolibri360.de